攻略対象たちに気に入られるとかどうでもいいです。私は私らしく、自由にさせていただきます！

The targets will like me or not, it doesn't matter. I want to be alive freely on my own way.

Illustration
ファルまろ
Falmaro

斧名田マニマニ
Ononatamanimani

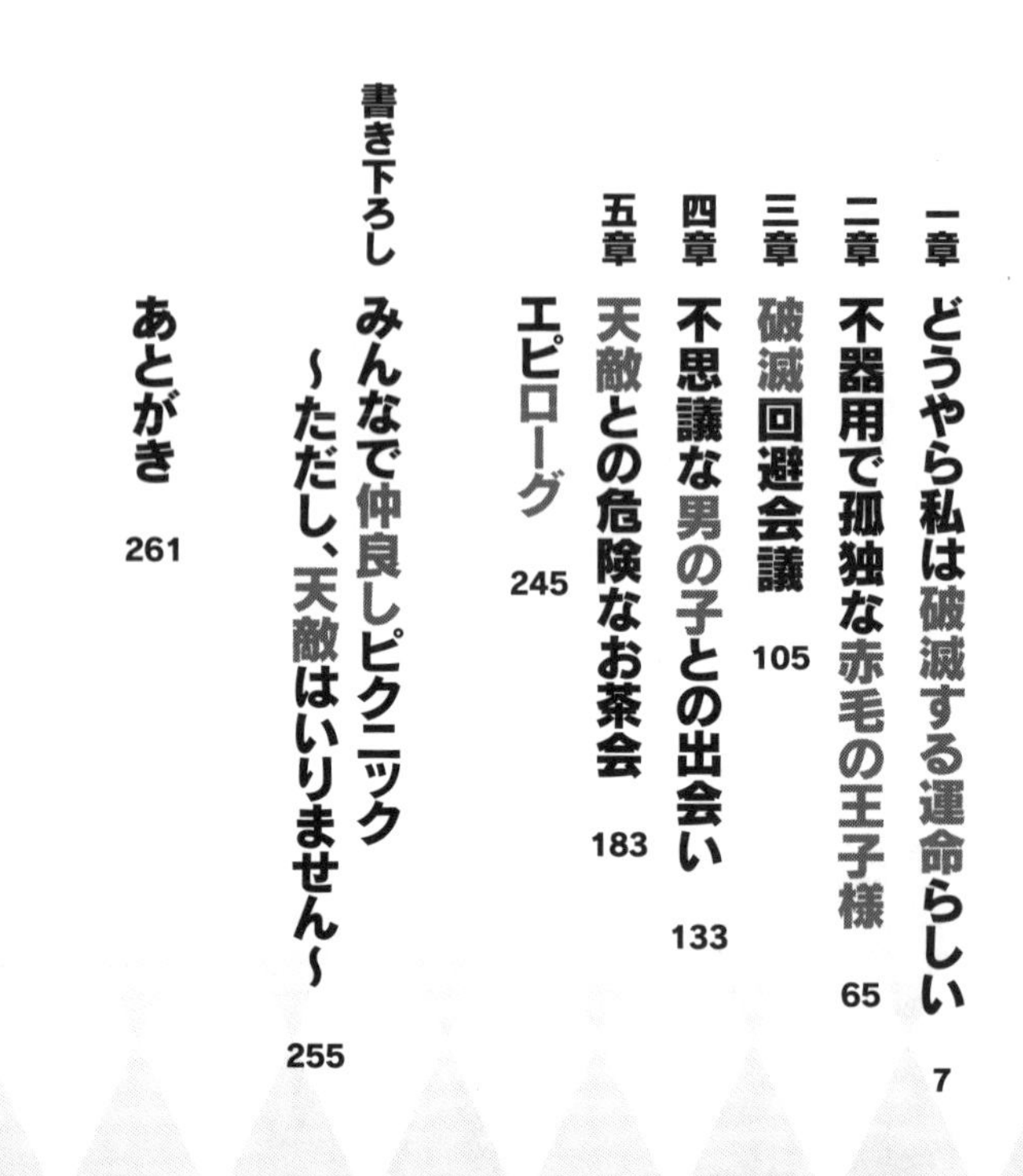

he targets will like me
not, it doesn't matter.
want to be alive freely
on my own way.

一章　どうやら私は破滅する運命らしい

攻略対象たちに気に入られるとかどうでもいいです。私は私らしく、自由にさせていただきます！

（1）

それは麗らかな春の日の出来事だった。

日差しが差し込むサンルームで、公爵令嬢クロエ・ベルトワーズがある計画を練っていると、天使のような顔を青ざめさせたスティードが、慌てた様子で訪ねてきた。

スティードは、ブルーム王国の第三王子。

クロエにとって彼は、同い年の婚約者であり、幼馴染でもある。

「ひどい顔色ね、スティード。どうしたの？　おなかが痛いの？」

「ああ、クロエ。最愛の人に心配されるなんて、僕はなんて幸せ者だろう。おなかが痛いわけじゃないよ」

十一歳とは思えない紳士的な振る舞いで片膝をついたスティードが、恭しくクロエの手を取る。

情熱的な眼差しを向けたまま、ニコッと微笑みかけられるのも、甘い愛の言葉を囁かれるのもいつものことだ。

頻繁に遊びに来るスティードがクロエに夢中なのは、屋敷の誰もが知っている。

「君の吊り上がった猫目で見つめられると、ゾクゾクするよ。今日もとっても素敵だね、僕の天使」

相変わらず、婚約者へのリップサービスを欠かさないマメな王子様だ。

しかし何度も言われているから、クロエも麻痺（まひ）してしまい、いちいちまともに取り合う気などなくなっていた。

「ありがとう。でもそんなことより、私の天才的な悪事のほうを褒めてほしいわ。美貌は世界征服の役に立たないもの」

「今回もまた聞き流されてしまった」

スティードは軽く肩を竦（すく）めてみせたけれど、それほど不満そうではない。

しかもちゃんとクロエの話題にも乗ってくれた。

「それで君の天才的な悪事って？　今度は何を考えついたの？」

「庭に落とし穴を掘って、みんなをびっくりさせてやろうとしたのよ」

「メイドは驚いた？」

「うー……。それがね、残飯を埋める穴に便利ねって有効利用されてしまったわ。だから今、新しい計画を練っていたところよ」

「ベルトワーズ家のメイドは、君のイタズラになれているからね」

「ちょっと。イタズラじゃなくて、悪事って言ってちょうだい」

高尚な悪事を、子供のイタズラみたいに取られるのは心外だ。

クロエは腰に両手をあてて、スティードのことをむすっと睨（にら）んだ。

そういう行動を取ると、いかにも意地悪なご令嬢といった様子になる。

きつい印象を与えるこの見た目は、七歳のある日まで、クロエのコンプレックスだった。

――今からちょうど四年前。

クロエの運命が変化したその日はとても寒い年の瀬で、窓の外の風景は、降り積もった雪に埋もれていた。

一昨日(おととい)、同年代の少年たちからきつい外見をからかわれたクロエは、その日からまったく外に出なくなったまま、引き込もりっぱなしだった。

あの頃は、人並みに傷つきやすく、周りの言葉を気にする繊細さを持っていたのだ。

クロエが部屋に閉じこもってぼんやり雪を眺めていると、突然、メイドたちの慌てた声が聞こえてきた。

どうやらやんごとなき身の上の訪問者があったらしい。

それから少しして姿を現したのは、スティードだった。

しんしんと冷え込むうえ、馬車だってなかなか進まない雪の日なのに。

スティードは、落ち込んだクロエが閉じこもっているという噂(うわさ)を聞きつけ、駆けつけてくれたようだ。

「……何か用？　私、意地悪だから歓迎しないわよ」

精一杯の強がりで可愛げのないことを言ったクロエに向かい、スティードは優しく微笑みかけてくれた。

「君にこれを見せたくて」

スティードが取り出したのは一冊の絵本だ。

差し出された本に視線を落とすと、美人だけれどものすごく意地悪そうな顔をした令嬢が、口元に手を当てて高笑いをしていた。

「……。この人だあれ？」

「彼女はこの本の主人公をいじめる、悪役令嬢なんだ。とっても美人だろう？」

「まあ、そうね」

吊り上がっているけれど大きくて印象的な目、瑞々(みずみず)しく潤った薄い唇、洗練された印象を与える細い鼻筋。

彼女と対峙(たいじ)している、怯えた顔の田舎娘――主人公と予想できるその女の子より、ずっと美しい容姿をしている。

（だけど顔付きが怖すぎて、美人なのが台無しね……）

さすが『悪役』なだけある。

「クロエにそっくりじゃない？」

「はあ!?」

クロエはむっとしたのを隠さず、頬を膨れさせた。

「スティード、あなたも私が意地悪な顔してるって言いに来たのね！」

「違うよ。僕は君の素晴らしさを語りに来たんだよ」

「え？」

呆気にとられるクロエを前に、スティードは語りはじめた。

「この絵本の中の悪役令嬢は、主人公のちょっと甘えた女の子に、的確な言葉で王城のルールを教えたり、マナー違反を指摘したりするんだよ。彼女は間違っていないし、どんなときも怯まず、はっきりものを言ってすごく格好いいんだ！」

「か、かっこいい？」

「僕はこの悪役令嬢が大好きなんだ。僕のクロエにそっくりなところが特にね」

「あなたのものじゃないわよ！」

確かに婚約者ではあるけれど。面食らったクロエが真っ赤な顔で睨んでも、スティードは動じない。

「この絵本は君へのプレゼントだ。受け取ってくれるね？」

「……」

「ねえ、クロエ。雪がやんだらまた、僕と遊びに行こうね」

クロエは渋々その絵本を受け取ると、仏頂面のまま頷（うなず）いた。

本当はスティードの優しさがうれしかったけれど、強がって生きてきたクロエにとって、素直になるのはとても難しいことだった。

スティードからもらった絵本を、クロエはそれから毎日、読み返すようになった。

たしかにスティードの言うとおり、絵本の悪役令嬢は魅力的だった。

思いのまま、悪役道を突っ走り、いつも前向きでへこたれない。

気弱で、考えを口にせず、何も行動を起こさない主人公より、見ていてずっと痛快だ。

そのうちクロエは絵本に感化され、『夢は世界征服』などとのたまいはじめた。

さすがに十一歳になった今、世界征服とは口にしなくなったものの、「悪人っぽい顔に恥じぬよう、悪女を目指してがんばるわ！」と日々斜め上の方向に奮闘している。

スティードは、そんなクロエを幼少時から想い続け、「悪だくみをしている顔が、とっても可愛いね」などと、おませな態度で愛を囁き続けてきた。

（でも、なんで私なんかにこだわるのかしら。スティードってすごくモテるのに）

風が吹くたびさらっと揺れるくせのない金髪。

透きとおるように美しい青色の瞳。

スティードの見た目は天使と形容されるほど愛らしい。そのうえ、立ち振る舞いも完璧だ。

穏やかな口調で優しく喋（しゃべ）るたび、大人も子供も同性も異性も、皆、うっとりさせられてしまう。

スティードには、周囲の人を惹（ひ）きつけてやまない魅力があった。

クロエもしょっちゅう、スティードの婚約者であることを羨（うらや）ましがられる。

そんなふうに誰をもとりこにする完璧な王子様なのに、スティードの好みって変わっているなとクロエはよく思う。

（だって、悪だくみをしている顔がかわいいなんて）

そんな口説き文句、どう考えてもずれている。

恋愛面にはてんで疎いクロエでも、そのぐらいのことはわかった。

ただスティードが特殊な趣味をしているおかげで、クロエがコンプレックスから救われたのも事実だ。

おかげで奇妙な方向に暴走する変人令嬢が出来上がってしまったのだけれど、クロエは今の自分に満足しているので、内心ではスティードに感謝していた。

（でも不思議ね。これまで私がどんな行動をとっても、スティードだけは全然動じなかったのに）

今の彼は顔色を失って、明らかに動揺している。

スティードのこんな姿を見るのは、間違いなく初めてだ。

「おなかが痛いんじゃないのなら、どうしてそんなに青ざめてるの？」

「うん、それなんだけどね……。クロエ、君に大事な話があるんだ。ふたりきりで話せないかな？」

お茶と焼き菓子を運んできたメイドたちをチラッと見ながら、スティードが言う。

口調や表情は普段どおり優雅で穏やかだけれど、メイドたちの手前もあり、意識的にそうしているようだ。

（微笑み方が少しぎこちないものね。やっぱりすごく慌てているみたいね）

そんな心境の中でも、クロエの雑談に付き合ってくれたとは。

さすが『優雅で完璧な王子様』と呼ばれるスティードだけある。

（メイドに聞かれちゃ困る話ってなんなのかしら？　おやつを盗む計画？　それとも私が庭に落とし穴を作りたいと言った話を、やっと手伝ってくれる気になったとか？）

でもこんなふうに頼まれたからって、あっさり承諾してしまうのは善人のする行いだ。

こういうとき、悪人だったら絶対に焦らすはず。

クロエは淑女らしからぬニヤニヤ笑いを浮かべて、スティードの顔を覗きこんだ。

「ねえ、スティード。レディを誘うなら、まずは招待状からじゃない？」

スティードがハッと目を見開いたのを見て、しめしめと思う。

（さあ、困った顔を見せなさい。スティード！）

ところがスティードは、クロエが想像していたのとは全然違う反応を示した。

「そうだね。無粋な真似をしてごめんね。でも今日だけはどうか許してほしい。お願いだ、愛しいクロエ」

スティードは大切そうに握っていたクロエの手を口元に引き寄せると、人差し指の先にチュッと音をたててキスを落とした。

そのまま上目づかいでクロエのことを見上げてくる。

瞳が微かに細められると、彼の醸し出す甘ったるい印象が増す。

真摯（しんし）な眼差しは、なんだか大人の男性のようでドキッとさせられた。

メイドたちが、「スティード様はあんなに幼いのに、時々色っぽい表情を見せる」と騒いでいたのを思い出す。

「エスコートを許してもらえないなら、このままいっそ強引に攫（さら）ってしまおうか」

「わ！　ちょ、ちょっと待ってちょうだいっ！」

手を握っていただけのときより、距離がぐっと近づき、さすがに焦る。

（し、しかも今、どさくさに紛れてき、キキキキスしたっ……!?）

さっき自分からスティードの顔を覗きこんだことなど忘れて、クロエは慌てふためいた。

さすがにスティードでも、こんな距離まではめったに近づいてこないから、思いっきり動揺させられたのだ。

「スティード、目が笑っていないわ！」

「それはそうだよ。本気だからね」

「仕方ないわね……。じゃあここでお菓子を食べながら話しましょ」

「それだとメイドたちが傍にいるだろう？　僕は君を独り占めしながら話したいんだ」

後ろで控えているメイドたちがスティードの言葉に、ほうっとため息を零す。

そのうえ微笑ましそうにクロエたちのやりとりを見守っているので、確かに居心地は悪い。

「庭園を一緒に散歩しながら話そうよ」

「わかったわ。でもクッキーを食べてから――」

「持っていって食べていいから。ね？　バラが綺麗だよ。もちろん、君の美しさには到底かなわないけれど」

「まったくスティードったらわがままね」

そうは言ったものの、スティードは押しの強いところがあっても、強引なタイプではない。

普段はクロエの望むとおりにさせてくれる。

こんなふうに、クロエを急かすようなことはめったにない。

（本当にどうしてもふたりきりがいいみたいだわ）

ふたりきりになりたいなんて、まともな紳士なら、淑女にたいして安易に口にしたりはしない。

普段、第三王子として立派な振る舞いをしているスティードがそんな誘い方をするなんて。

ちょっと信じられない事態だ。

幼いころからずっと一緒にいるスティードが相手でなければ、メイドたちも咎（とが）めていただろう。

（でもスティードだし、気にしなくていいわよね）

かなり熱心に口説かれているのに、クロエのほうはスティードを異性として、全然意識していなかった。

スティードが悪いのではなく、クロエがまだお子様だからだ。

早熟なスティードの愛の言葉は、クロエの子供っぽい思考に、残念ながらまったく影響を及ぼせていない。

「いいわ。そんなに言うならそうしましょう」

正直、いつも穏やかで余裕のあるスティードを、こんなに動揺させている理由がなんなのか気になりはじめてもいる。

「ありがとう。クロエは優しいね」

「私は優しくないわ。悪役なんだから」

クロエはもったいぶって立ち上がったあと、メイドに命じて、クッキーをバスケットに用意させた。

「いいですか、お嬢様。ちゃんとお庭のベンチに座って、召し上がってくださいませ」

「わかっているわよ」

どうやってメイドに気づかれず、クッキーを食べ歩きしようか。

そのことで頭がいっぱいだったクロエは、このあとスティードから、とんでもない打ち明け話をされるなんて、まったく想像もしていなかった――。

（２）

クロエとスティードは、ベルトワーズ邸の裏手に広がる庭園に移動した。

手入れの行き届いた庭園には、ネモフィラや白バラなど春の花が咲き誇っている。

さわやかな風が吹くたび、蜜の香りがふわりと香り、庭園全体を甘い匂いで満たした。

『春の妖精のようだ』と形容される薄紫色の小花の周りでは、愛らしい紋白蝶たちが戯れるように飛び交っていた。

スティードは、いつものように手を取ってクロエをエスコートしたそうだったが、クロエがうれしそうにクッキーの入っているバスケットを漁っているのを見て、早々に諦めたようだ。

その代わり、いつもより少しだけ近く、肩が触れる距離を寄り添って歩きたがった。

クッキーの包みをほどくのに夢中なクロエは、微笑ましげに自分を眺めるスティードの視線にまったく気づいていない。

ふたりからちょっと離れたところを、護衛やメイドたちがぞろぞろついてくる。

ただ、この距離なら会話の内容までは聞こえない。

「これで一応ふたりきりになれた」

微笑むスティードの隣で、クロエはお菓子をつまんではひょいぱくと口に放り込んだ。

無作法だし、さすがに他の人が相手だったらしない。

一応公爵令嬢として、それなりに教育は受けている。

やれと言われれば、淑女らしく振る舞うことだって可能だ。

(でも隣にいるのはスティードだしね。普通は王族であるスティードに、誰よりも敬意を払うべきでしょうけど)

スティードは普段から『気を遣わないでね。僕の前ではありのままのクロエでいて欲しい』と言ってくれるので、ちゃっかりお言葉に甘えているのだ。

「クロエ。今から僕はとんでもないことを話す。夢物語のように聞こえるかもしれないけど、どうか信じて欲しい」

スティードが真顔でクロエの手を握ってくる。

圧倒されたクロエは、もぐもぐしつつ頷き返した。

「わはっはわ」(わかったわ)

「ありがとう。それじゃあ……」

すうっと息を吸ってから、スティードはこんなことを語りはじめた。

「実は僕には昔から繰り返し見ている夢があるんだ。あ、君と結婚する夢以外でね」

　スティードは寝る前に毎晩、クロエとのいつか訪れる結婚式を妄想している結果、その日の夢をしょっちゅう見るのだという。

　夢を見た翌日は必ずクロエに会いに来て、報告する。

　そのまま流れで、どさくさに紛れた求婚のような言葉を伝えられたりもする。

　それをクロエはいつも話半分で聞いている。

（スティードって、まるで女の子みたいに乙女なところがあるわよね）

　スティードに夢を見ている少女たちが、それを知ったらどう思うだろう。

　バラしてみたいような気もする。

　きっとスティードのファンクラブを作っているお嬢様たちは卒倒して、大騒ぎになるはずだ。

　そんな話を広めたクロエの悪名も世間に轟（とどろ）くのではないだろうか。

（ふうん。悪くないわね……）

　にやりと口元が綻（ほころ）ぶ。

「もう、クロエ。また悪巧みしているでしょう？」

「あら、よくわかったわね」

「すごく楽しそうな顔になるからわかるよ。そういう表情をしてる君ってとっても可愛いから、本当はいつまでも見ていたいんだけどね。今は僕の話の続きを聞いてくれる？」

「言っとくけど、結婚式の夢を見るって話は聞き飽きてるわよ」

もうひとつの夢もどうせその類でしょと思い、釘を刺しておく。

というかスティードは、夢の話がしたかったのだろうか。

でもそれなら別にふたりになる必要なんてなかったと思うが。

「僕はこれまで別の世界のことを夢に見てきた。それが前世での出来事だったって気づいたのは今朝のことなんだ。夢の中の僕は学生で、妹に頼まれてゲームというものを行っていた。ゲームって言われてもわからないよね。物語の描かれた本みたいなものだと思ってくれ。いいかい？」

いいわけがない。

「ゲーム？　前世？　え？　熱でもあるの？」

自分たちはもう十一歳だ。

むちゃくちゃな夢物語を信じるような子供ではない。

どうしてスティードがそんな話をしはじめたのか、クロエにはさっぱり意味がわからなかった。

まさか冗談のつもり？

それにしてはあまりにも下手すぎる。

「スティード、そんなにジョークのセンスがなかったなんて知らなかったわ」

「冗談じゃなくて、僕は本気だよ。すぐに信じてもらうのは難しいだろうけど」

クロエとの結婚生活を妄想しているときでさえ、もうちょっとまともな発言をしてくれるのに。

「突然、別の世界なんて言い出したうえ、本気だなんて……。頭が痛くなりそう。だいたい前世ってなによ」

「今の僕が生まれる前、別の僕だった頃のことだ」

「前世って言葉の意味ぐらい知ってるわ。そんな荒唐無稽（こうとうむけい）な話をしだして、どういうつもりって聞いてるの」

「ごめん、怒らないで。怒っていても素敵だけれど」

「もう、スティード！」

「わかってる、話を脱線させるつもりはないんだ。今だけは君を賞賛する言葉は我慢しておくよ。話の続きを聞いてくれる？　僕が君に伝えたい重要なことは、他にもあるんだ。いいかい？」

同意を求められたので、とりあえず「わかったわ」と返事をする。

「ゲームっていうのは物語みたいなものだという前提で話を続けるね。そのほうが理解しやすいと思うから。本に描かれた物語は普通、結末まで一本筋で続いていくだろう？　でもゲームはそうじゃない。途中、いくつもの選択肢が出てくるのを、読んでる人間が選ぶんだ。その結果は物語の流れに影響を与えて、結末を変えてしまう」

クッキーを食べ続けながら、想像してみる。

選択肢によって色々な結末が訪れる物語なんて、まるで本物の人生みたいだ。

でも、面白そうだと思った。

決まったストーリーを追いかけるのではなく、自分自身で選んで、お話作りに協力している感じがワクワクする。

「ここまで理解できた？」

「まあ、なんとなくね」

「わかってくれたようでよかった」

そう言って、スティードが見せた表情は、クロエの見たこともない彼の一面だった。

少し愁いを帯びた瞳が、言いよどむように伏せられる。

そのすぐあと、スティードは決意したように顔を上げ、クロエを見据えた。

「僕らはそのゲームの中の登場人物なんだ」

「は……？　どういう意味？　僕らって？」

「僕や君。それだけじゃない。この世界に存在する人間は多分誰でもみんな」

クロエは食べかけのクッキーをつまんだまま、ぽかんとした。

「前世の僕は、スティードという王子やクロエという令嬢の出てくるゲームをやっていた。それはつまり、僕たちのことだ。僕たちは、ゲームの世界の登場人物なんだよ」

（私たちがお話の中の登場人物？）

ますますわけがわからないことを言い出したスティードのことをまじまじと見つめる。

何を言ってるのか理解できない。

ゲームの中の人間ってどういうことだろう？

「もう一度聞くけど……そういう空想？」

「だったらよかったんだけどね。残念ながら空想じゃなく事実なんだ」

「……」

スティードは本当にどうしてしまったのだろう。

ロマンチストではあっても、こんな妄言を口にするタイプではなかった。

「そんな話をされて、信じられる人がいるのなら会ってみたいわ」

どうやらスティードは、自分たちの暮らすこの世界が、別の世界で描かれている物語の中だと言いたいようだけれど。

「ねえスティード。大丈夫？　熱でもあるんじゃないの？」

「僕が熱を上げるのは君にだけだよ」

「うーん、病気だわ」

いよいよ心配になり、メイドたちに医者を呼ばせようかと思った。

だけどそんなクロエを、スティードはやんわり止めてきた。

「お願いだ、クロエ。信じられない気持ちはわかるけれど、重要な話なんだ。僕が君に嘘をついたことがあるか思い出して」

「それは……」

スティードはクロエに嘘をつかない。

そう知っているからこそ困惑した。

「ゲームというものの話が、どうしてそんなに大事なの？」

「だってね、このまま放っておいたら君は破滅しちゃうんだよ」

（3）

「は、破滅？」

思わず素っ頓狂な声が出てしまった。

だって破滅って、そんなバカな。

本気で言っているのだろうか。

普段のスティードからは連想できないような突飛な発言のせいで、なんだかおかしくなってしまった。

「ぷっ……あははははは！　破滅ってなによ!?」

笑うなというほうが無理がある。

破滅なんて言葉を大真面目に口にするなんて。

冗談が下手だと思ったのを撤回しないといけない。

「あはは、ひーっははっ、笑いすぎておなか痛い！」

「クロエ、引き笑いになってるよ……」

「だって、ひーっひーっ、おっかしすぎて……っ」

スティードは、おなかを抱えてケラケラ笑うクロエを見つめたまま、困ったように微笑んだ。

彼の目が少し揺れている。

真面目に聞いていないことを悲しんでいるように見えて、クロエは少々居心地が悪くなった。

(何よ。変なのはスティードのほうなのに)

気まずいので、コホンと咳払いをして姿勢を正す。

どうやら冗談のつもりではなかったらしい。

(しょうがないわね。もうちょっと真剣に聞いてあげるわよ)

クロエが態度を変えると、スティードは話を再開させた。

「身を滅ぼすでも、自滅するでもなんでもいい。でも滅びるという言葉を使わないと表現できないほど、最悪な人生になるんだよ。他の誰でもない、君が」

「えーっと、ちょっと待って。それは物語の中の話なのよね？」

「前世の僕にとっては物語の中の話だった。でもこの世界がその物語の中なんだよ。僕たちの未来が、完全に物語どおりになるのかは、もちろん断言できない。ただ、今まで僕らに起こったこと、僕と君が婚約していることも、僕が君に絵本をあげたことも、全部物語に描かれていた出来事なんだ」

クッキーを食べるのをやめたクロエは、腕を組んで考え込んだ。

信じる信じないという問題はややこしくなるので、いったん置いておく。

物語に描かれていたとおりの出来事が実際に起こっていた。

今後も起こるかもしれない。

それってまるで……。

「予言みたいじゃない……」

「うん。そう考えてもらうのが一番わかりやすいと思う」

「あなたは私達の人生を描いた物語を知っていて、だからこれから先、私たちにどんなことが起こるかもわかっているってこと？」

「ああ、クロエ！　わかってくれたんだね！」

「ちょっ、抱きつかないでちょうだい！」

伝わったことがよっぽどうれしかったのか、興奮してぎゅっとしてきたスティードの体を、ぎゅむぎゅむと押し返す。

「はぁ、もうっ。油断も隙もないんだからっ。……一応聞いておくけど、物語の中で私が破滅するって、具体的にどういう状況になるの？」

「よくて国外追放、と見せかけての暗殺。まあまあで処刑。一番悪いのは、君を憎む人物によって惨たらしい方法で苦しめられたあと、殺害されてしまう」

「ちょっと待って、全部死んでるわよ!?」

余裕で話を聞いていたクロエだったが、直前まで笑っていたことも忘れて、ひくりと頬を引き攣らせた。

想像していた以上にひどい破滅っぷりだ。

たしかにその状況は、他の言葉で表現しづらい。

スティードの話を鵜呑みにしたわけじゃない。

でも破滅に関しては、きちんと聞いておかなければという気持ちになってきた。

「ちょっと具体的に話してみなさいよ。聞いてあげるわ」

クロエはできるだけ動揺していないフリを装ってみせた。

破滅にびくついたなんて、悪女を目指している身としては情けなさすぎる。

スティードには絶対、気づかれたくなかった。

当然、変な汗が背中を流れていったことも内緒だ。

「ゲームの世界の舞台となるのは、今から四年後の王立魔法学院だ。ここで起こる恋愛模様がこの物語のメインテーマだよ。物語は、主人公である女の子が、学園に編入してきたところから始まる」

「それが私？」

「クロエはその主人公に意地悪をする悪役令嬢だ」

「え!?　なんですって!?」

た。

「その話、もっと詳しく聞かせてちょうだいっ！」

直前まで破滅に怯（おび）えて変な汗をかいていたのに、単純なクロエは瞳を輝かせて、前のめりになった。

まさか自分が悪役令嬢と呼ばれている物語の話だったなんて！

それを先に言って欲しかった。

興味津々になったクロエは、きらきらした目で続きをねだった。

破滅に関する不安は、遥か彼方へ飛んでいってしまった。

「まあ、そこに興味を持つかなとは思っていたけど」

「わかっているなら早く教えてってば！」

「このゲームでは主人公と恋をする候補がたくさん出てくる。彼らのことは『攻略対象』って呼ぶね。ゲームのプレイヤーは主人公の立場に立って、その攻略対象の中から、誰と恋をするかを選ぶんだ。物語の中のクロエはその恋を邪魔する悪役というポジションを一身に担っている」

「やだ、なんて素敵なの！」

恋の邪魔者なんて、まさに悪役の所業だ。

クロエは俄然（がぜん）、興奮してきた。

「恋人候補の登場人物の中には、物語の展開次第でほとんど出てこない人もいたりする。でも悪役令嬢のクロエだけは必ず登場して、主人公がどの男性と恋をするときでも常に邪魔をするんだ。そして傍若無人に振る舞い、主人公をいじめ倒すんだよ」

クロエはうれしくなった。

まるでスティードのくれた絵本みたいだ。

(私の夢が叶(かな)っている世界なのね！)

もっとその世界の話を聞いてみたい。

「スティードはどんなふうに出てくるの？」

「僕の役どころは、主人公が恋をする男の候補その一だ」

「えっ」

スティードが他の女の子と恋をする？

想像もしてなかった展開に、心臓が奇妙な音をたてはじめた。

ドキドキドキというか、ズキズキという感じで。

(えぇっ!?　なんのかしら、これ……)

いつもスティードはクロエのことを考えてくれているし、他の子に目を向けることなんて一度もなかった。

自分のお気に入りのペットが、勝手によそのうちの子になってしまった感覚なのだろうか。

(だからむかむかして心臓がうるさくなるの？)

「スティードが恋人候補その一って……」

「クロエ、驚いてくれたの？」

スティードはものすごく意外そうな顔をしている。

でも彼はすぐに、天使のような微笑みを浮かべた。

「うれしいな。僕が他の女の子とって想像したとき、君は少しでも嫉妬してくれるんだね」

「ちょっと！　嫉妬とかじゃないわ。想像つかなくて驚いただけよっ」

ふてくされた顔で睨んでも、スティードの笑顔は消えない。

しかも調子に乗って手を取ろうとしてきたので、クロエはさっと両手を後ろに隠してしまった。

「僕はいつまでもクロエだけを想っている。他の人なんて目に入らないから、安心してね」

「で、でも！　ここがゲームの世界なら、そのとおりになっちゃうんじゃないの？」

「僕が話そうとしていることがわかるんだね。さすがはクロエだ」

「はぐらかさないで、続きを教えて！」

スティードは頷いた。

「僕みたいな男、つまり攻略対象と呼ばれる人間は三人いる。主人公は色々な場面で選択を行い、最終的にその中から一人の男を選ぶ。それによって物語の結末が変わる。その男とハッピーエンドになるか、バッドエンドになるかも、選んだ選択肢次第で変化するんだ。君はその世界で主人公をいじめた挙句……」

「あなたの言っていた、破滅に向かうってこと？」

「そのとおり。賢い君も素敵だよ、僕のプリンセス」

どんどん賛辞の言葉が続きそうだったので、話の続きを急かすと、スティードは肩を竦めてから説明に戻った。

「破滅の仕方はそれぞれのキャラクターによって違う。でも君が悲惨な目に遭うことだけは、どれも一致している」

「むう……」

「たとえば……こんなことはたとえでも言いたくないんだけど、僕が主人公の恋人になった場合。ゲームの君はヒロインに悪事を働き、追い詰めて学院を辞めさせようとする。その結果、ゲーム内で僕を怒らせて国外追放になり、追っ手として差し向けられた殺し屋によって暗殺される」

「ゲームの私もなかなか大したものね！」

破滅するのは嫌だけど、自分の活躍はうれしい。

「そんな悪事を働けるなんて、物語の世界の私すごいじゃない！」

「ここまでの話、信じてもらえたかな？」

「うーん……。夢がある話だけど、それとこれとは話が別よ」

やっぱり前世の記憶を夢に見ているというだけでも突拍子がない話だというのに、そのあげく自分たちが物語の中の登場人物なんて。

「私が悪役令嬢として大活躍する人生があるのは素敵だと思うわ。でも今ここに存在している私が物語の中の人だなんて。それってよく考えると、すごくゾッとする話よ。だって私がこうやって喋ったり思ったりしてることも、全部物語に決められてるってこと？　私という人間の思考じゃなくて？　そんなの最低じゃない。どこかの誰かによって作り出されたとおりに動く人形だってことになっちゃうもの」

「……だよね。でも僕らは創造神を当たり前に信じているだろう？　だけど僕らを作った神様が、僕らの人生のすべて、発言のすべてを決めていると思って、自暴自棄になったりはしない。それと同じことだって思えない？　破滅ルートを回避するためにも、まずは僕の話を受け入れてもらわないと困るんだ」

「回避？」

「ああ。僕が君に降りかかる災難を見過ごせると思うの？」

熱っぽいスティードの目が、クロエをじっと見つめてくる。

「ゲームのシナリオなんかに君を傷つけさせたりはしない。全身全霊をかけて僕が君を守るよ」

今までに贈られたどんな愛の言葉よりも真剣な、スティードの誓い。

それを向けられたクロエは、胸の奥が熱くなるような奇妙な感覚を覚えた。

なんだかもぞもぞするような、くすぐったいような……。

得体の知れない感情を誤魔化（ごまか）すべくクロエは腰に手を当てると、挑戦的にスティードを見上げた。

「そこまで言うのなら、スティードの話が真実なんだって、まずは証明してみせてよ」

予想外の言葉だったのだろう。

スティードは目を丸くすると、考え込むように口元に手を当てた。

なんだ、やっぱり証明できないんじゃない。

クロエがそう伝えようとした直後――。

「わかった。僕が未来を知っていることを、証明してみせるよ」

スティードは強い決意を秘めた瞳でクロエを見つめたまま、きっぱりと頷いてみせた。

（4）

五日後――。

王宮のバラ園にいるクロエは今、こそこそ身を潜めているところだ。

ちゃんと若草色のドレスを着てきたし、頭に草や葉っぱをつけている。

（ふふ、完璧な隠れっぷりだわ。普段からここで隠れんぼしている努力が報われたわね）

王宮の厳かな雰囲気に対してかなり場違いな振る舞いなのは、もちろんわかっている。

こんなことをしている場面をもしも見つかったら大目玉だろうから、絶対にバレるわけにはいかない。

クロエの父ベルトワーズ公爵は王弟であるため、クロエの一家は王宮内に邸(やしき)を与えられ、そこで生活をしている。

スティードが気ままにクロエのもとを訪れられるのも、そのためだった。

クロエのほうも、王宮内をある程度は自由に動き回れる。

だから今日も、スティードに言われたとおり、こうして生け垣の裏でこっそり待機するなんて容易(たやす)かった。

(これから本当に、スティードの言っていたとおりのことが起こるのかしら)

スティードから前世の話を聞かされたのは五日前のこと。

あの日、「証拠を見せる」と宣言したスティードは、今日起こる衝撃的な事態を、事細かに予想してみせたのだった。

そのときのスティードの言葉を、クロエは思い返してみた。

「――五日後、僕は城のバラ園で、ブルーム公爵令息たちと植物学の勉強会を行う」

ブルーム公爵令息とは、スティードの学友であり、クロエやスティードにとって従兄弟(いとこ)にあたる存在だ。

「その場に宰相が一人の少年を連れてくる。宰相は従兄弟たちの存在を少し気にしたあと、連れてきた少年を紹介するんだ」

「少年？　どこかの御令息なの？」

スティードは首を横に振った。

「宰相はこう言うんだ。『この方は陛下のご意向により、今日から王宮で共に生活することになりました。母君を亡くし、天涯孤独の身の上となられたお方です。殿下におかれましては、兄弟君として接せられますよう』」

「スティードの兄弟としてって……。それってつまり……」

「『貴方様とは、半分同じ血が流れていらっしゃるのです』って言い方を宰相はしていたな」

（半分、同じ……）

その意味に気がついたとき、クロエは言葉を失ってしまった。

「そう。この少年は父上のご落胤――僕の異母兄弟になるんだ」

この国では、たとえ国王であろうと、奥さんをたくさん作ることは認められていない。

ただ男の人が妻以外の人と子供を作ってしまったりする事実もあると、クロエだってなんとなく聞いたことがあった。

とはいえ今回は国王の子供。

しかも彼を引き取ったということは、王が血の繋がりを認めたということになる。

それって大変な問題だ。

「少年の名前はロランド。僕と同い年だよ」

あんぐりと口を開けたまま時が止まってしまったクロエにたいして、スティードのほうはいたって冷静だった。

「現時点では、このことを知る人はとても少ない。秘密裏に捜し出されて、母上すら知らない話なんだよ。明日、父上の口から彼の存在について聞かされるのは母上と、第一王子である兄上だけ。本来だったら僕が知るはずもない情報だ」

「なのに事細かに知っているのは、前世の知識があるからだって言いたいの？」

「そのとおり」

「で、でも……」

（もしご落胤の話が真実だとして、偶然知ったのかもしれないし……）

そんなふうに思っていると、スティードに考えを言い当てられてしまった。

「今の情報だけじゃ、僕が未来を知っている証明としては弱いよね。わかっている。だから五日後に起こることを細かく説明するよ。クロエには僕が言ったことが合っているか、その目で確かめて欲しいんだ」

「そんなに細かいことがわかるの？」

「ロランドが城に来た日の出来事は、重大なイベントとして、彼がメインとなる物語の中で語られるからね」

スティードはそう言って説明を続けた。

「ロランドは燃えるような赤毛をした少年だ。顔立ちは僕とはあまり似ていないかな。でも意志の強そうな目つきが父上とよく似ている。たぶん着慣れていないのだろう。きちっとした服を窮屈に感じているらしく、彼は何度も襟に指を突っ込んでいたな」

ロランドの容姿の説明だけじゃなく、そこで交わされる会話も具体的に聞かせてくるから、クロエは少しゾクッとなった。

だんだん彼の話が真実ではないのかという気がしてきたのだ。

とくにスティードが印象に残っていると言って口にしたロランドの言葉を聞いた瞬間、すうっと体温が下がった。

「『王子様やボンボンたちと遊んでやるつもりなんてねえから。まじでうざい。俺のことは構うな』」

スティードの口からお行儀の悪い言葉が飛び出したことが信じられない。

誰かの台詞（せりふ）を再現したのでなければ、絶対に言わないような言葉遣いだった。

「今のやり取りが全部僕の説明したとおりになったら、さすがに信じてくれるだろう？　五日後のお昼過ぎ、クロエは庭園の生垣に隠れて見ていてくれ」

本当にそのとおりになるのか、確かめてみたい気持ちがムクムク湧いてくる。

それで今日の話の白黒がハッキリするなら、いいかという気持ちにもなってきた。

この中途半端にわけのわからない状況は気持ち悪くて仕方ない。

「わかったわ。どのぐらいスティードの言ったとおりになるのか、気になるしね」

「そうだろう？　クロエは好奇心旺盛だからね。今はまだ、そのくらいの感覚でいてくれればいいよ」

優しげに微笑むスティードを見て、クロエは複雑な気持ちになった。

（この話が万が一事実だったら……。スティードは傷ついていないのかしら）

新しい王子の出現なのだ。

国王が引き取ったのなら、王位継承権もあるのだろう。

スティードたちにとっては大問題といえる。

そんな大事なことを、国王直々ではなく宰相から、しかも従兄弟たちといるときにまとめて伝えられるなんて。

そもそも父親が自分の母親ではない人と色々あっただなんて、やはりショックだと思う。

（もし私がスティードの立場なら？　……お父様がお母様以外の人となんて、想像するだけでむかむかしてくるわ）

「クロエ、どうしたの？　唇がとがってるよ。怒っている顔も可愛いね」

「だって！　無礼を承知で言わせてもらうけれど、陛下はひどいわ。スティードの気持ちをちっとも考えてくれてないもの！」

「僕を心配してくれてるのかい？　うれしいな。君の心を翳（かげ）らせるのは忍びないけど、クロエに思いやってもらえるなんて幸せだよ」

「もう！　私は真剣に怒ってるの！」

「……そうだよね。ありがとう、クロエ」

「あなたは頭にこないの？」

スティードは大人びた微笑みを浮かべて、困ったように眉を下げた。

「今の僕は前世の記憶が交じったせいか、色んなことがどこか他人事(ひとごと)のように思えるんだ。人格や記憶のベースはスティードのものだけど、そんな自分をゲームと照らし合せて冷静に分析している前世の僕もいる」

自分の気持ちがぼんやりしている感覚だとスティードは言った。

でもそんな彼の瞳の中には、寂しそうな色が浮かんでいる。

「そんな中で、クロエに対する感情だけが、僕の中で唯一はっきりとしているんだよ」

「私……？」

「だから、君の破滅を防ぎたいってことで頭がいっぱいで、他のことはどうでもいいんだ。僕自身のことも」

「ちょっと、何言ってるのよ！」

冗談でも聞き捨てならない。

「ごめん、変なことを言ったね。怒らないで。多分、記憶が戻ったばかりで混乱しているせいだ」

「本当に？」

「ああ。――父のことは、そうだな。いまの時点では他人事みたいな感覚だけど、実際その場になったら不快に思うのかも。でもまだ自分が自分の心で体験したことじゃないから、想像がつかないのかな」

スティードはクロエを安心させるように、冗談めかして微笑んだ。

「ねえ、クロエ。もし僕が傷ついたら、慰めてくれる？」

珍しく気弱な瞳で、スティードが見つめてくる。

そんな目で見られると胸の奥がざわついて、どうしたらいいのかわからなくなる。

だから腰に両手を当てて、虚勢を張った。

困ったときには、強気な態度を取るに限る。

「慰めたりするわけないじゃない。悪女はそんなことしないもの！　もしスティードがしょぼくれてたら、くすぐりまくっていじめてあげるわよ！」

ふふんと得意げな顔をしてみせたら、なぜだかスティードはとてもうれしそうに笑った。

スティードがどうしてそんな表情を見せたのか、恋愛面ではかなり鈍いクロエが気づくことはなかったのだけれど。

（5）

生垣の陰に屈(かが)みこんでスティードとの会話を思い出していたクロエは、不意に人の気配を感じてハッとなった。

こっそり様子を窺（うかが）えば、スティードや彼の従兄弟たちが談笑しながらこちらにやってくるのが見える。

「あーあ。家庭教師も面倒な課題を出してくれたものだな。バラの観察だなんて」

「庭師はなんでいないんだ？　役に立たないなあ」

彼らはバラ園の東屋（あずまや）の前までやってくると、手にしていたスケッチブックを広げはじめた。

ついてきた召し使いたちは、いそいそとお茶の準備をしてから下がっていった。

（お茶しながら課題なんて優雅なもんね）

漂ってきた紅茶とケーキの匂いに、つい小鼻が動いてしまう。

「課題なんてさっさと済ませてのんびりしよう。バラの花が咲いている。以上！　これで終わりだ！」

「おいおい、いくらなんでもそれじゃダメだって。……赤い花が満開でした。こんなもんか？」

「お前も変わらないだろー」

男の子たちはふざけ合いながら、明らかにやる気のない態度でバラの花をつついている。

（まったく子供っぽいわね）

男の子ってどうしてこうなのだろう。

でも、その中でもスティードだけはちょっと違う感じだ。

彼はふざけ合う従兄弟たちを苦笑して見守りつつ、バラの模写をしはじめた。

「スティード殿下は真面目だなあ」

からかいと感心のこもった声を上げて、従兄弟のひとりギデオンがスティードの肩を抱く。

だいたい悪ふざけを率先して行うのは、このギデオンだ。

調子に乗りやすく軽薄な感じが、顔つきに表れている。

クロエはギデオンのことがあまり好きではない。

とくに大人を真似(まね)てオールバックに撫で付けた髪型が、無理やり気取っている感じがして嫌なのだ。

見るたび、ぐちゃぐちゃに掻(か)き回してやりたい気持ちにさせられる。

手がベタベタになりそうだから絶対にしないけれど。

スティードは模写を続けたまま、ギデオンの軽口の相手も器用にこなしてみせた。

「面倒な課題はさっさと終わらせるに限るよ」

「ははっ、なんだスティードも煩わしいと思ってるんじゃないか」

「どうせ花を愛でるなら、バラより菫(すみれ)がいいしね」

そんなことを言うスティードが一瞬、クロエのいる辺りを見た気がした。

完璧に隠れられているはずだから、気のせいだろう。

クロエは自分の瞳の色を、スティードが『菫色の美しい瞳』とよく形容することをすっかり忘れていた。

(スティードの話だと、このあと例のご落胤がやってくるのよね)

そのとおりになるのだろうか。ドキドキしながら様子を見守っていると——。

「あれ？　宰相だ」

「珍しい。何してるんだ？」

(本当に来た!?)

バラ園の入口からやってきた宰相を見て、少年たちが首をかしげる。

彼らの訝(いぶか)しげな視線は、宰相だけでなく、その傍らにいる赤毛の少年にも注がれていた。

「見慣れないやつを連れているな」

ギデオンが呟(つぶや)く声を聞きながら、クロエはごくりと息を呑(の)んだ。

(嘘でしょ……)

燃えるような赤い色の髪。

挑戦的な眼差(まなざ)し。

固く引き結ばれた唇。

国王陛下とよく似た細面。

スティードの表現したとおりの少年を生垣越しに見つめたまま、クロエは数秒間、息を吸うのも忘れてしまった。

「スティード殿下。皆様方。こちらへ」

宰相に呼ばれた少年たちが、不思議そうに集まっていく。

みんなの視線は、赤毛の少年に釘付けになっていた。

「この方は国王陛下の庶子であらせられるロランド様でございます」

「え……!?」

スティードの従兄弟である公爵子息たちが、驚きの声を上げる。

垣根のこちら側のクロエは、別の意味で衝撃を受けていた。

(完璧にスティードの説明したとおりの展開だわ……!)

スティードに言われて、クロエは宰相の言う台詞を紙に書き持ってきていた。

まるでそれが台本であるかのようなやりとりが、今も交わされ続けている。

(スティードの話だと、次にあの男の子は……)

赤毛の少年ロランドは擦れた目でスティードたちを見回し、ふっとバカにしたような笑みを浮かべた。

(これも同じだわ!)

ロランドの挑発的な態度は、ただでさえピリピリしていた場の空気を凍らせるのに十分だった。

ぎょっとして目を見開くギデオンたちの隣で、スティードも同じように驚いたふりをしている。

宰相も従兄弟たちも、スティードの演技には気づいていない様子だ。

スティードは感情を笑顔で上手（うま）く隠すタイプだから、こんなことはお手の物なのだろう。

（私からしたら結構バレバレなんだけど。偽物の顔をしてるときって、なんかちょっと胡散臭（うさん）いのよねえ）

それにスティードの本当の微笑みを知っていたら、それが作り笑いとは比べ物にならないくらい美しい表情だってわかるはずだ。

むしろみんなはどうして気づかないのだろう。

そのとき、かつてスティードが言っていた言葉が、クロエの脳裏にぼんやり蘇（よみがえ）ってきた。

『僕に関心のある人間なんて本当はいないんだよ。父上も母上も、取り換えのきく第三王子になんて大した興味を持っていない。周りにいる人たちもね』

クロエにはその発言の意味がわからない。

取り換えがきく？

どうしてそんな発想を抱くのだろう。

スティードはスティードだし、他の人が彼に成り代わることなんて不可能だ。

クロエのわがままに付き合ってくれて、悪事の計画をちゃんと聞いてくれて、時々ちょっと面倒くさくて、でもなんだかんだ話していて楽しい。

少なくともクロエにとって、スティードの代わりになれる人間なんてひとりもいない。

なんだかモヤモヤして、ムスッとした気持ちになったのを覚えている。

クロエがそのとき感情のまま無意識に頬を膨らませたら、スティードはふふっと笑ったのだった。

『そんな顔をしないでクロエ。君にとって特別な存在になれるなら、僕はそれで十分なんだよ』

——思い出に意識を奪われていたクロエの心を現実に引き戻したのは、宰相の言葉だった。

「スティード様におかれましては、他の御兄弟たち同様親しくされますようにと、国王陛下より御伝言でございます。年齢も近いので、お話も合うことでしょう。従兄弟の皆様も、今後は御学友として親しくなさいますよう。これも国王陛下からの命でございます」

「……そうか。父上には、わかりましたと伝えてくれ」

スティードはそつのない微笑みに、少しだけ戸惑った……ふりをした表情を交ぜている。

ロランドのほうは、着せられた服が窮屈だと言いたげに、何度も襟に指を突っ込んでいた。

スティードが言っていたとおりのことが起こっている。

一方、ギデオンたちはそんなにすんなり受け入れられるわけもなく、排他的な感情を隠さなかった。

「学友って……」

「こんなヤツが、王子？」

声を潜めていても、囁き声はまる聞こえだ。

宰相はわかった上でそれを聞き流しているようだ。

仲を取り持つことなど初めから諦めていたという態度に腹が立ってきた。

「私は執務がありますので、これで失礼いたします」

そう言うと、宰相は役割は果たしたという顔で、さっさと立ち去ってしまった。

この展開も聞いていたけれど、実際、目にすると突っ込まずにはいられない。

(この状況で放置するの!?)

だって到底、仲良くできるような雰囲気ではない。

(たしかに宰相が取り持ったところで、どうにかなる感じでもないけど……!)

大人の事なかれ主義って恐ろしいわと思わずにはいられなかった。

「おい、どうするんだ?」

「どうと言われても……」

「仲良くしろって……。いくら王子とはいえ、下町育ちのヤツと?」

「はっ無理無理無理。だって、庶民の血が混じってるってことだろ?」

従兄弟たちの間に、バカにしたような笑いが起きる。

ほら見たことかと思わずにはいられない。

そんな中、空気を変えようと思ったのだろう。

スティードが握手をするため、右手を差し出した。

「はじめまして、ロランド。これからよろしく」

ところがロランドは、それに対して大げさなため息を吐いてみせた。

「王子様やボンボンたちと遊んでやるつもりなんてねえから。まじでうざい。俺のことは構うな」

「な……っ!?」

ロランドが子供とは思えない鋭い眼差しで、対峙する少年たちを睨みつける。

スティード以外の少年たちは、ロランドの見せた圧倒的な敵対心に呑まれて、言葉を失ってしまった。

（なんかすごい子ね……）

ちょっと悪役っぽい感じがする。

（あの目つきは参考になるわ。家に帰ったら鏡の前で真似してみよう。……ってそんなことより！）

ここまで完全にスティードの話したとおりの流れだった。

（どうしよう。スティードの言ってたことは本当だったんだわ）

だって目の前で証明されてしまった。

それぞれが口にするセリフまで、スティードの説明していたままだ。

さすがに疑いようがない。

（でも、そんな、まさか……！　ああ、もう！　気持ちが追いつかないわ！）

生垣の前で頭を抱え込んでいると、緑の向こうから驚くべき言葉が聞こえてきた。

（6）

「おい、お前！　庶民のくせにやけに無礼な態度だな。庶民は庶民らしく、跪いてお願いしたらどうだ」

「へえ。さすが王宮だ。どうせ威張り散らしたヤツらしかいないと思ってたけど、キイキイ喚く小猿まで偉ぶってるなんて」

「なッ!?　誰が猿だって!?」

顔を真っ赤にしたギデオンに向かい、ロランドがふっと口角を上げる。

明らかに見下した笑みだ。

（このままじゃ喧嘩になっちゃいそうだけど）

ここから先の展開はスティードに話を聞いていないから、何が起こるかわからない。

スティードのほうを見ると、彼は戸惑ったような顔をしていた。

（あれは演技じゃないわ。でも、どうして？　スティードは何が起こるか知っているんじゃないの？）

疑問を抱いている最中も、ギデオンとロランドによる言葉の応酬は続いている。

「というかおまえ、さっきの説明理解できなかったのか？　それとも数歩歩いただけで聞いた話を忘れる鳥頭なのか。猿と鳥、どっちかにしてくれ」

「ふざけるな！　俺は猿でも鳥でもない！」

「その鳥頭のためにもう一度説明してやろうか」

「おいっ。話を聞けよ、くそっ！」

完全にギデオンのほうが振り回されている。

ロランドは余裕のある態度で挑発し続けているけれど、ギデオンは見ていて哀れなぐらい必死だ。

ギデオンと比較して、ロランドのほうはどんな言葉をチョイスしたら、相手が苛立つかを、冷静に見抜いている。しかも、そこを容赦なく攻めている感じさえした。

「俺には残念ながらおまえらと同じ王族の血が半分、流れてる。そのせいで庶民ではなくなった。でも、バカな王族の仲間入りをするより庶民のがよっぽどよかったな」

「だまれ！」

ギデオンはそんなことは認めないというように、ロランドの言葉を遮った。

「半分、王家の血が流れてるだって？　ハッ、笑わせる。俺たちの体に流れてる高貴な血は混ざり物なんかじゃない。おまえの体に流れている残り半分の血なんて、どうせ下賤の女の血だろう！」

そのとき、初めてロランドの笑みが消えた。

それがうれしかったのだろう。

ギデオンはチャンスとばかりに、やかましくまくしたてた。

「おまえの母親は、どうせ金目当てで国王陛下に近づいたんだろ！　そんな恥知らずな女は死んで当然だ！」

挑発に乗るかと思われたロランドは、何も言わなかった。

ただ、無表情で黙りこくっている。

ギデオンは慌てて口を開いた。

「な、なんだよ。言いたいことがあるなら言えよ！」

「おまえさあ、いまの言葉が国王への侮辱になるって気づかないのか？」

「え……？」

「国王が、金目当ての女に騙されて子供まで作ったってことだぞ。これは立派な侮辱だ」

「う、うるさい!!　黙れ、バーカ！　なあ、スティード！　こいつ生意気だよ！　なんとかしてくれ！」

「いいや、ギデオン。さすがに今のは完全に君に非があると思うよ」

穏やかだが、はっきりとした言葉でスティードが言う。

ギデオンはびくっと肩を震わせたあと、悔しそうにロランドを睨みつけた。

（うわあ。すごい展開になってきたわ）

なんのためにここに潜んでいたのかを忘れて、完全に野次馬根性丸出しのまま聞き耳を立てる。

スティードの言うとおりギデオンが悪い。

あんなふうに食って掛かったりして、本当にお子様だ。

それに対して、ロランドはかなり冷静に相手を打ち負かしたと言える。

王への侮辱だと指摘するなんて、正直感心してしまった。

なぜならそれは貴族であるギデオンにとって、一番立場の悪くなるポイントなのだから。

「誰がこんなヤツとよろしくしてやるもんか！　学友と言われたって知ったことじゃない！」

「こっちこそ願い下げだ。おまえと一緒にいても学ぶことなんてなさそうだしな。ああ猿語を教えてもらえるか」

「なにい!?」

「ぷっふふ」

クロエは草の陰に隠れたまま、たまらずに噴き出してしまった。

慌てて口を手で覆ったけれど、ニヤニヤ笑いが止まらない。

（やっぱりロランドってば、なかなかの悪役っぷりね！　見込みがあるわ。そのままギデオンをやっつけちゃえ！）

拳を振り回して、口パクでロランドを応援する。

もし傍にスティードがいたなら、「いたずらっ子みたいに瞳をキラキラさせて、本当にかわいいね。その瞳が僕を見つめてくれたら言うことがないんだけど。でも素敵なことに変わりはないよ、僕のプリンセス」などと賞賛してくれそうなほど、クロエは今、いい笑みを浮かべていた。

楽しくなってきたクロエが興奮しながら身を乗り出したとき――。

「あ、あわわうわあっ!?」

バランスを崩した彼女は生垣の中に前のめりに倒れ込み、そのままコロンと一回転して、少年たちの前に転がり出てしまった。

（7）

「クロエ!? おまえ、そこで何してるんだ!?」

従兄弟たちがぎょっとしたまま、固まっている。

そんな彼らを押しのけるようにして、スティードが慌てて駆け寄ってきた。

「クロエ!! 大丈夫!?」

（うわ……。やってしまったわ）

このタイミングで生垣の向こうから転がり出たりしたら、覗き見をしていたのがバレバレである。

こうなったら仕方ない。

助け起こそうとするスティードの手を雑に拒んで、自力で立ち上がったクロエは、ふんっと胸を張ってみせた。

鼻の頭が土で汚れていることには、気づいていない。

「話はすべて聞かせてもらったわ！　そう、この悪役令嬢がね！」

「悪役令嬢……？」

従兄弟たちはクロエの『悪役令嬢宣言』に慣れっこだったが、ロランドはそうじゃない。

彼は不審そうな目で、闖入者（ちんにゅうしゃ）であるクロエをねめつけてきた。

「貴族の血が高貴か？　覗き見するほど下品な血が流れてるくせに、よく言えたもんだな」

「――待て。いま彼女になんと言った？」

（うげげっ）

スティードの低い声を聞き、いやな予感を覚えた。

慌てて隣を見上げると、ああ、やっぱり。

天使のようだと形容される微笑みを浮かべているけれど、目が全然笑っていない。

これはスティードが真剣に怒っているときだけに見せる表情だ。

これまではどちらかというとロランドを擁護していたスティードが苛立ったのを見て、当のロランドは面白そうに目を細めた。

「はーん？　おまえその女に惚（ほ）れてんのか。きっつい顔した底意地悪そうな女なのに。どこがいいんだよ」

「クロエに対する侮辱は、誰が相手でも許さないよ。すぐに取り消せ、ロランド」

スティードはクロエの前に出て、ロランドの視線から彼女を隠してしまった。

きっと庇(かば)ってくれるつもりなのだろう。

でもクロエはそれをよしとしなかった。

守ってくれなくても自分でなんとかできる。

もう子供の頃のように、意地悪な顔を恥じてなどいないからだ。

むしろ絵本と出会った今のクロエは、この顔にプライドを持っていた。

「邪魔よ。どいてて、スティード。こんなのどう考えても悪役令嬢の本領を発揮する場面じゃない！」

見せ場を奪ってもらっては困る。

城にやってきた、見込みのある少年。

そんな彼と対立するなんて素敵な役割を、ギデオンみたいにしょぼい小悪党に譲ってなどいられない。

スティードを押しのけ、ロランドの前に出ていく。

ロランドは受けて立つというような態度で、新しく現れた敵であるクロエを眺めてきた。

ところがそのとき――。

「……っ!?」

後方から飛んできた石が、ロランドのこめかみに命中した。

痛みに顔を顰(しか)めたロランドが、石をぶつけられた場所に手を当てる。

「ちょっと、大丈夫!?」

思わずロランドに駆け寄ったクロエは、頬を流れた一筋の血を見てぎょっとした。

完全に不意をついた汚い攻撃。

それを仕掛けた相手は当然、ギデオンだ。

「ざまあみろ！　見ろよ、みんな！　庶民の汚い血が流れてるぞ！　こいつの母親もさぞかし汚かったんだろうな！」

（ギデオンのやつ、なんてこと言うのよ）

「……テメエいい度胸だな。先に手を出したのはそっちだからな」

低い声でそう言ったロランドの手のひらから、ばちっと光が漏れた。

金色の稲妻のような眩しい輝き。

（あれは、魔法！）

「俺を怒らせたこと、後悔させてやる」

「ひい！」

怯えるギデオンに向かって、ロランドが魔法を放とうとしている。

彼の手のひらの上に湧き上がった輝きはどんどん大きくなっていく。

手加減をするつもりなんて一切ないのだ。

そう気づいた瞬間、クロエはムカッと腹を立てた。

（ギデオンが悪いけど、それはやりすぎよ！）

「やめなさい！」

「クロエ!?」

引き留めようとするスティードを振り払い、クロエは庭のテーブルに載っていたティーカップをむんずと摑んだ。

湯気が出ていないのを確認してから、そのまま冷めた紅茶をロランドに向かってびしゃっとぶちまける。

「うわっ!?」

あまりに予想外の展開だったのだろう。

さすがのロランドも目を丸くして、言葉を失っている。

ずぶ濡れにされたことに驚いたせいか、いつのまにか彼が発生させた稲妻のような光は消えていた。

「おい！　何しやがる！」

「それはこっちの台詞よ!!」

クロエは腕を組み、ロランドを睨みつけた。

「あなたこそ何をしようとしたの！」

「何って……魔法だよ。見ればわか――」

「最低!!」

ロランドの言葉にかぶせてクロエは怒鳴った。

「なに、今の魔法！　すっごく強いやつでしょ!?　さっき口でギデオンを言い負かしたときは感動したのに。あっさり魔法で解決しようだなんて残念すぎるわ。見込みのある子が来たなって興奮した私のときめきを返してちょうだい!!」

「クロエ、落ち着いて……！」

「スティードは黙っていて！　だいたい許可なく攻撃魔法なんて仕掛けたら、謹慎処分を受けるわよ！　ひどいと塔に閉じ込められて、反省するまで出してもらえないんだからねっ」

ぜえはあと息をしながら言い切る。

魔法を使おうとして閉じ込められたのはクロエの実体験だ。

もっともクロエの場合は攻撃魔法を使おうとしたわけではなかった。

それでも五日間の謹慎処分を言い渡されたのだから、魔法で他者を傷つけたりしたら、相当なお咎めを喰らうはずだ。

ロランドはぽかんとしたまま、クロエを見つめ返してきた。

その頬が不意にぶわっと赤くなっていく。

「と、ときめきっておまえ……」

ロランドはなぜか、もごもごと口ごもっている。

（なんで赤面してるのかしら？）

突然、様子が変わったロランドを少し不思議に思うけれど、今はそれどころではない。

「は……はは！　女に怒られて、無様だな！」

ギデオンは気を取り直したように、再びロランドを罵(ののし)りはじめた。

懲りない男には制裁が必要だ。

クロエは黙ってギデオンのもとに歩いていくと、勢いよく胸倉を摑んだ。

「ギデオン、しつこい！　悪口の内容も質(たち)が悪すぎ。悪役として程度が低くて聞いていられないわ！　もっと品のいい内容で、敵を言い負かせるぐらいになりなさいよ！」

「はあ!?　程度が低いだって!?」

「そうよ。とくに家族のことを貶(けな)すなんて最低ね。あなただって大好きなお母様の悪口を言われたら、ルール違反されたように思わない？」

「なんだよ、大好きなって。気持ち悪いこと言うな」

「あら、否定するの？　お母様に添い寝してもらえないと眠れないぐらいマザコンなくせに」

そう言った瞬間、ギデオンが真っ青になった。

「なななんでそれを知ってるんだ!?」

「他にも色々情報を摑んでるわよ？　たとえばちょっとでも体調が悪いと、お母様に食事をあーんして食べさせてもらいたがるとかー？」

「わあああ、や、やめろ！　それ以上言うな……！」

「悪女たるもの、情報通でないと。私の情報網を甘く見ないでよね」

「く、くそ……。なんでおまえはそんなに性悪なんだよ！」

「あら、それは当然よ。だって私は悪役令嬢なんだから」

ギデオンはこれ以上、恥ずかしい秘密を暴かれてはたまらないと思ったのだろう。

半泣きで口を噤んでしまった。

（私の勝ちね！）

腰に両手を当てて、ふふんと顎を上げる。

得意げな気持ちに酔いしれていたクロエは、相変わらず顔を赤くさせたままのロランドが自分をじっと見つめていることになど、まったく気づいていなかった。

攻略対象たちに気に入られるとかどうでもいいです。私は私らしく、自由にさせていただきます！

二章　不器用で孤独な赤毛の王子様

（1）

結局、あれからすぐに家庭教師がやってきて、子供たちの間の揉め事はうやむやになってしまった。

クロエによってお茶をかけられたロランドは、急いで着替えてくるよう命じられたのだが、去り際、何か言いたげな顔をして、何度もクロエのことを振り返った。

「お、おい、おまえ……」

「なによ」

「な、なんでもない……！」

自分から声をかけたくせに、クロエをキッと睨みつけてから、ロランドは去っていった。

まだ頬が赤かったような気がする。

一体なんだったのだろう。

不思議に思って視線を上げると、スティードとばっちり目が合った。

（え、なにその顔）

穏やかに笑っているのに、妙な迫力があってちょっぴり怖い。

スティードたちも家庭教師に連れられて室内へ移動するようだ。

「クロエ。あとでまた」

「ええ」

だけどその日、スティードが会いに来ることはなかった。

翌日。

寝ぼすけのクロエは、「スティード様がいらっしゃってますよ！」というメイドの声でたたき起こされた。

こんな時間に訪ねてくるなんてありえない。

世間的には常識的な時間でも、クロエはまだ惰眠を貪っていたかったのだ。

眠すぎてぼーっとしたまま着替えさせられ、まだぼーっとしたまま、スティードの待つ部屋へ向かう。

「やあ、お寝坊さん。起こしてしまってごめんね。眠たげな顔がとってもかわいいね」

「……」

「口を開くのも眠くて面倒くさいって顔だ。はは、睨まないで」

どうせまたふたりきりになるまで、話の核心には触れないつもりだろう。

だんだん回りはじめた頭の片隅でそう思った。

「庭に出るわよ」

いつも以上に無愛想にそう告げる。

スティードは気にすることなく、ニコニコ笑ってクロエの手を取った。

「まあ！　あのお嬢さまが、ついに殿下をご自分からお誘いなさったわ！」

「お嬢さまもお年頃ですし、殿下の素敵さに心を打たれたのですね！」

メイドたちが間違った方向でうれしそうに騒いでいるのを止めるのも面倒くさい。

それに誤解されたままのほうが、ふたりきりになりやすい。

眠気は人をやけくそにさせるのかもしれない。

そう思いつつ庭へ移動した。

「ごめんね、クロエ。昨日のうちに会いに来られなくて」

「いいわよ別に。国王様や王妃様とお話しされたんでしょ？」

「いや。あのあとは揉め事を起こした罰として、たっぷり課題をやらされてね。片づけ終わった頃には陽が暮れていた。それで君のところへ行けなくなってしまったんだ」

「えっ。じゃあ国王様たちとロランドの話をしてないの？」

クロエの言葉にスティードが頷き返す。

「母上は相当ピリピリしていて、ロランドの名前を出すのも憚(はばか)られる感じだ。父上とは顔も合わせていないよ。兄上とは少し話したけどね。兄上は直接、父上から説明を受けたらしいから、僕が父上とロランドのことを話す機会は多分この先もないと思うよ」

「どうして？」

「もし父上が僕にロランドのことを話すつもりがあったら、そのとき呼んだはずだからね」

「それは……」

たしかにスティードの考えているとおりな気がして、クロエは何も言えなくなってしまった。

宰相に紹介させて終わりだなんてひどいのに、スティードはなんでもないことのような顔をしている。

多分、本当はなんでもなくなんかないのだ。

……違う。

昔はなんでもなくなかったはずなのだ。

でも何度も何度も、こういうことがあって、彼の心は麻痺してしまったように感じられた。

（スティードはいつもそう！　本当の気持ちを笑顔の裏に押し込めて、なんでもないって顔して笑うのよ）

クロエは面白くない気持ちになって、むっつりと押し黙った。

いつか国王となる王太子。

彼を支える年の近い第二王子。

ふたりが国王にとって、大事な存在であるのはわかる。

でもどうしていつも、スティードだけを蔑ろにするのか。

長男次男と年が離れているから？

それでもたったの七歳だ。

三番目の子供に与えられる役割は、さして重要じゃないから？

考えれば考えるほど、ムカムカした感情が胸の中で拡大していく。

初めてこの話を聞いたときも腹が立ったのを覚えているけれど、やっぱり国王のしていることはおかしい。

自国の国王を否定するなんて、とんでもない行いなのに、そうわかっていてもクロエの中の怒りはちっとも静まらなかった。

スティードは、クロエの悲しみを消し去ってくれた大事な友達だ。

だから彼がしてくれたのと同じように、クロエも彼を救ってあげたかった。

スティードを悲しませるすべてのものから。

それこそが大切な友達への義理だと思う。

悪役令嬢を目指しているわりに、根っこの部分では義理堅いクロエは、ぎゅっと拳を握りしめて、決意の表情を浮かべた。

「スティード、私に任せて！」

「え？」

「私が完璧な悪役令嬢になったら、きっと王様をやっつけてあげるわ！　そういう悪事を平気でやれてこそ、悪役令嬢だものね。ぎゃふんと言わせてやるから!!」

「ぎゃふんって……」

スティードは目を丸くしたあと、ぷっと笑い出した。

「あはは。相手は国王なんだよ？　まったく、君って子は……」

どうやらツボにはまってしまったらしく、おなかを抱えて笑っている。

この笑顔は偽物じゃない。

なんで笑われてるのかはわからないけれど、本物の表情を引き出せたのがうれしくて、クロエは誇らしい気持ちになった。

「ありがとうクロエ。僕のためを思ってくれたんだね。でも心配しないで。僕は大丈夫だから」

「あなたが大丈夫と思っているかどうかは関係ないわ。私が悪事を働きたいだけよ」

照れ隠しにそう伝えると、スティードは笑いを引っ込めて、真面目な顔でクロエを見つめてきた。

「そう。そのことについて話をしないとね。昨日の出来事で、僕が話した前世やゲームのことを信じてくれる気になった？」

「まあ、そうね。目の前であんなものを見せられたら、信じないわけにはいかないわ」

「よかった。これで次の段階の話に進める」

「スティードの言っていたことが本当なら、私はこの先、確実に悪役令嬢として破滅するのよね」

六日前、スティードが説明した内容を思い出す。

処刑、追放からの暗殺、惨たらしく苦しめられてからの殺害……。

どれもゾッとする未来だ。

気が強いクロエといえど、さすがに怖い。

想像しただけで、背筋を冷たい汗が流れ落ちた。

「大丈夫？　クロエ」

「悔しいけれど不安だわ。昨日の夜は、鎌を持った死神に追い回される夢まで見ちゃったし……」

「君はそんな状況でも、僕を心配してくれたんだね」

「だってそれとこれとは話が別だもの」

いつもどおり言い返しているつもりでも、気持ちが沈んでいるせいで言葉に覇気がない。

「そんな顔をしないでクロエ。僕に考えがあるから。君を破滅させたりはしないよ」

「考えって？」

「まずは、はっきりと効果がありそうな手段から話すね」

「おおっ！　いいじゃない！」

「ゲームの中の君は、悪役だから処刑されるんだ。今後、悪役令嬢としての人生が決定づけられるような出来事が何度かある。そのときゲームどおりにならないように、君が悪役の人生に抗（あらが）うんだ」

「つまり、普通の女の子になれってこと？」

スティードは黙ってクロエを見ている。

それが肯定の代わりだった。

（そうよね。悪者だから死んじゃう。じゃあいい子になればいい。……それはわかるけど……）

クロエの憧れた絵本の中の女性。

美しくて格好いい、悪役の令嬢。

大嫌いだった自分の悪役顔を、受け入れることができたきっかけは、スティードのくれた絵本があったからだ。

悪役令嬢を目指すことは、クロエにとって唯一、自分を肯定できる存在意義のようなものだ。

それを諦めたら、クロエには何も残らない。

このまま大人になって、普通の令嬢として、自分を偽って生きていく。

（本当の私を出すことができずに生きていくのって、死んでいるのと同じじゃない？）

「ねえ、クロエ。心が空っぽになったまま生きるのと、華々しく悪役として散るのとどっちがいい？」

まるでクロエの心を読んだかのような問い掛けだ。

（でも、そうよ）

悩むまでもなく、答えは決まっている。

スティードの言葉に背中を押されるように、クロエは威勢よく口を開いた。

「私、破滅なんてしたくないわ！　でも悪役令嬢になるのを諦めるのも嫌！　だって九十歳のおばあちゃんになっても『あの性悪ばあさん、今日も悪だくみをしていたぞ。さすがだな！』って言われたいんだもの」

「悪役令嬢を諦めることが、破滅を回避できる一番可能性の高い手段だとしても？」

「それでも、夢を諦めるつもりはないわ」

クロエは胸を張ってみせた。

「わがまま上等。だって私、悪役ですもの」

「ふっ……あははは！」

スティードはなぜか、再びおなかを抱えて笑いはじめた。

「え!?　どうして笑うのよ！」

「いや、ごめんごめん。君ならそう言うと思っていたけれど、実際に目にするとなんだかうれしくて」

スティードは他の誰にも向けたことのない優しい眼差しで、クロエを見つめてきた。

「安心してクロエ。君に覚悟があるのなら、僕はもう夢を諦めろなんて言わないよ。君は君らしく、あるがままでいて欲しい。必ず僕が君を護（まも）るから」

「スティードってば！　護られるような弱い女にはなりたくないんだってば！」

照れくさくて、つい突っ張ってしまったけれど、心強く感じているのが本当の気持ちだ。

「それじゃあ君の夢を応援させてくれ。これならいいだろう？」

「う、まあ。そうね。それならいいわよ」

「ふふ、ありがとう。ゲームのとおりにならないよう、僕が君を導くよ。ゲームの内容を知り尽くしている人間は、ゲームの中には出てこなかった。ということは、ここは完全にゲームどおりの世界ってわけでもないと思うんだ。その綻びをついていこう」

「綻びをつくってどういうこと？」

「順番に話すね。まずゲームに描かれているのは、僕たちの人生における重要な場面の一部だ。たとえば昨日のシーンは、ロランドにとっての重要な場面のひとつだった。初めて城にやってくる日だからね。それで細かいところまでゲームの中で描かれていた」

「だから、何を話すかまで知っていたのね」

「でも、ギデオンとロランドがあんなふうに喧嘩するという部分は省略されていたんだ。ゲームで大事だったのは、ロランドがみんなの前に出てきてひどいことを言われるのと、そのあとに起こる出来事だ」

「そのあとって？　何も起こらなかったわよ」

「うん。そうなんだ。本当に重要な出来事は起こらなかった。僕はそのことで、ある可能性を見出したんだ」

「可能性？」

「鍵となるのはロランドだ」

思わぬ名前が飛び出て、クロエは首をかしげた。

「ゲームでの彼は、城に来た初日に魔法を暴走させて、罰として塔に閉じ込められてしまった。この一連の出来事は、その後の彼の人生を大きく左右する」

塔に閉じ込められたと聞いて、クロエはぞっとした。

あの陰気で薄気味悪い塔に？

あの塔はかつて罪人を幽閉するのに使われたもので、塔の中で非業の死を遂げた者が何人もいる。夜になると啜（すす）り泣きや悲鳴が聞こえてくると噂される、いわくつきの場所なのだ。

「ゲームのロランドは閉所恐怖所で、暗い場所が苦手。それは幼少期に何度も、折檻（せっかん）で城にある『北の塔』に閉じ込められていたから」

「それは仕方ないわ。あそこは怖いもの。でも、何度も閉じ込められたってどういうこと？」

「意地悪な家庭教師のひとりが、庶子であるロランドにひどい仕打ちをしたんだ」

なんともひどいことをする。

ギデオンたちもそうだったけれど、庶子であることがそんなに悪いのだろうか。

ロランドは何もしていないのに。子供には生まれてくる親を選ぶ権利なんてないのだし。

「ゲームのクロエは、ロランドが閉所恐怖症だと知っていて、学園の物置に閉じ込めて嫌がらせをするんだよ」

「ええーっ!?」

そんな性悪なのか。

クロエの目指したい路線はそこではない。

もっと格好よくて、美学のある悪事を働きたいのだ。

「クロエの閉じ込めた物置、そこからロランドを助け出すのが『ヒロイン』だ」

「ひろいん？」

「ゲームの主人公である女の子だよ。その件をきっかけに、誰にも心を開いていなかったロランドが、ヒロインにだけ優しさを見せるようになる。ロランドのルートで、クロエの人生が破滅へ突き進んでいく第一歩がその事件だ」

なるほど、と思った。

クロエにとってのスティードのように、助け出してくれた人というのは、やっぱり大切な存在になるのだ。

「あれ？　でも実際は閉じ込められなかったわよ？」

「そうなんだ。君が魔法の暴走を止めたことで、ロランドのトラウマは生み出されなかった。もともとあの場にいるはずのなかった君。その君が物語の展開を変える力になったんじゃないかなって僕は思うんだ」

クロエの目の前が、どんどん明るくなってゆく。

「こうやってひとつずつ、破滅ルートへの道を潰していけば、君はきっと不幸にはならないと思う」

スティードの言葉に、クロエは大きく頷いた。

「わかったわ！　どうしたら私が破滅するのか、スティードは知っている範囲でいいから教えてちょうだい。私はそれをどんどん潰していくわ。そうすれば悪役令嬢になっても、破滅しない未来に辿り着けるはずよ！」

「僕は君を全力でサポートするよ。絶対に幸せになろう」

昨日の暗い気持から一転、希望を摑めてうれしくなる。

ところが——。

その数日後。

ロランドは突然、北の塔に幽閉されてしまったのだった。

（2）

破滅を回避して悪役令嬢になるという夢を叶えるため、スティードの力を借りて頑張っていく。

そう決意してから、クロエはスティードとほとんど毎日会うようになった。

「今日も可愛いね、クロエ。君とこうしてデートできるなんて夢みたいだ」

「何言ってるのよスティード。デートじゃなくて作戦会議だってば。……っていうかこのやりとり、毎日してない？」

スティードの台詞に突っ込みを入れつつ、クロエは内心でホッとしていた。

ロランドの出現でスティードが少し傷ついているように見えたから心配したのだけれど、すっかり本調子に戻ったようだ。

「さてと。それじゃあまずは昨日のおさらいからだ」

「任せて。ゲームの用語は完璧に覚えたわよ！」

破滅回避のためにまず始めたのが、知識を得ること。

スティードの与えてくれる情報をクロエが正しく理解するため、ゲーム用語についての勉強をしているのだ。

「ほら、これを見て」

クロエが書き取ったノートを見て、スティードは頷いてくれる。

「うん。完璧だよ、クロエ」

ヒロイン、攻略対象などというすでに学んでいた言葉以外にも、スチルイベント、選択肢、好感度などという単語も教わった。

それを昨晩、書き起こして説明つきの表にしてみたのだが、どうやらちゃんと正解だったらしい。

「この調子なら大丈夫かな。明日はロランドのルートについて説明をはじめるね」

「いよいよ、本格的な話になってきたわね！」

クロエは俄然はりきって、拳をぎゅっと握った。

翌日。

早めにマナーの授業を終えたクロエは、音楽のレッスンを受けているスティードを迎えに行くため、王宮内の回廊を歩いていた。

バイオリンは個人授業だから、日によって早く終わることもある。

まだだとしても、演奏が終わるまで待つだけだ。

そんなことを考えていると――。

「はは！　それにしてもすっきりしたな！」

（げっ。ギデオン！）

回廊の反対側からギデオンたちがやってくる。

嫌なやつと出くわしてしまった。

顔を合わせたくないから、クロエはさっと柱の陰に隠れた。

「ギデオンの手腕は見事だったな。今頃あいつ、真っ暗い牢獄の中でしくしく泣いてるだろう」

「これくらいは朝飯前だ。調子に乗った庶民を教育してやるのも貴族の役目だからな」

（真っ暗い牢獄って……まさか……）

嫌な予感がして、クロエは飛び出した。

「ちょっと、今のどういうこと？」

「うわっ、クロエ!?　おまえ、なんだよ。いきなり出てきて！」

慌てて逃げ出そうとしている少年たちを追いかけ、襟首をむんずと摑む。

（逃がさないわよ！）

「いまの話どういうこと？　もしかしてロランドを北の塔に閉じ込めたの!?」

「な、なんのことだ！」

「とぼけないで！　ちゃんと聞いたんだからね!!」

直接名前は出していなかったけれど、ロランドに悪さをしたようにしか思えない。

そう考えて尋ねてみたら、案の定、予感は的中していた。

「うるさいな。あいつが不敬なのが悪いんだ！　これから先、城で大きな顔をしないよう、わからせてやったのさ！」

ありえない。

最悪だ。

せっかくロランドのトラウマエピソードを回避できたと思ったのに！

「なんてことをやらかしてくれたのよっ！　ギデオンのバカ！　覚えてなさいっ！」

ギデオンに構っている暇はない。

クロエは血の気が引いていくのを感じながら、スカートの裾を摑んで全力疾走した。

目指すはスティードのもとだ。

息を切らして音楽室に辿り着くと、ちょうど中からスティードが出てくるところだった。

「クロエ！　迎えに来てくれたのかい？　今日も君の顔が見られて幸せだな」

「それどころじゃないんだってば！　ギデオンがロランドを塔に閉じ込めちゃったみたいなの！」

「なんだって!?」

スティードが取り乱すのは、すごく珍しい。

「さっき直接本人に聞いたから間違いないわ！」

「そんな……。いや、驚いてる場合じゃないな。僕はロランドを救出するため、兄上に相談してくるよ」

「私は北の塔に行くわ！」

ふたりは互いに頷き合ってから、それぞれの目的地へ走り出した。

「はぁはぁ……。つ、着いたわ、北の塔……」

回廊からずっと走りどおしだったから、息が乱れて苦しい。

それにこの場所は、近づくだけでもゾッとして、心臓の辺りがゾワゾワするのだ。

クロエにとっても若干トラウマの場所――。

王宮の隅にひっそりとそびえたつ『北の塔』を見上げて、大きく息を吐き出す。

苔(こけ)むした塔は、曇り空の下で、寂しくおどろおどろしい影を落としていた。

塔の上にはカラスの巣があるのだろう。

時折不気味な声が聞こえてくる。

でも怯えている暇はない。

「い、行くわよ！」

自分に言い聞かせて、グッと顔を上げる。

ごくりと息を呑んで入口の門へ向かうと、衛兵が目を丸くして近づいてきた。

「クロエ様？　どうなされたのですか？」

「えっと……猫が塔の中に入っちゃったのよ。ほら、そこに壊れて小さな穴が開いてるでしょ。連れて帰りたいから、中に入れて欲しいの」

「猫？　本当ですか？」

子供のときから悪行を繰り返しているため、クロエは城内で警戒されまくっている。

そのせいで、衛兵は不審そうな目を向けてきた。

「どなたか人を呼んできていただければ、その者に捜させましょう」

「それには及ばないわ！　私の責任だもの。自分で取りに行かせてちょうだい！」

「なりません！　あ、クロエ様!?」

クロエは一瞬の隙(すき)をついて、門の中に駆け込んだ。

衛兵はひとりしかいないから、そこを離れるわけにもいかず追いかけてこない。

しめしめと思いつつ、なんとか塔の中に入り込む。

（うう。中に入ると、めちゃくちゃ怖いわね）

ひんやりとしていて黴(かび)臭い空気が鼻につく。

灯りがないため、らせん階段の先は闇(やみ)に沈んでいる。

クロエは精一杯背伸びをして、入口付近の壁に備え付けられた燭台(しょくだい)を取り外した。

（がんばるのよ、クロエ！）

自分に言い聞かせながら、階段を一段一段と降りて、地下牢へ向かう。

靴音が反響して、それがいっそう不気味だ。

（うーこわいこわいこわい！　怖すぎる!!　でも……）

不意に、この理不尽さに納得がいかなくなってきた。

（よく考えたら、どんな理由であれ、ここまで恐ろしい場所に閉じ込めるなんてひどすぎない？）

ギデオンたちが仕向けたことだとしても、牢に閉じ込めるよう命じたのは大人の誰かだ。

おそらくはスティードが言っていた意地悪な家庭教師だろう。

（ムカムカする！　悪役令嬢として、こんな理不尽な状況、見過ごせないわ！）

怒りの感情に追いやられて、恐怖心が消え去っていく。

ロランドには後ろ盾がいないから、気づいて助けに来るものは皆無だ。

それをいいことにこんな嫌がらせをしたのだと思うと、ますます腹が立った。

ちなみに自分が破滅ルートに追いやられたかもしれないという問題に関しては、完全に頭の中から抜け落ちていた。

（ゆるせない！　ロランド、そんなやつらの思惑に負けて、トラウマを作ったりしたらだめよ！）

クロエはきゅっと唇を引き結ぶと、タンタンタンと足音をたてて、薄暗い階段を駆け下りていった。

（3）

塔の地下まで辿り着くと、通路の入口にも衛兵がひとり立っていた。

「クロエ様!?　このようなところにいらしてはいけません……！」

「わかってるわよ！　だから黙って見逃してちょうだい」

「そんな無茶な……！」

近づいてこようとする衛兵に向かい「そこにいて！」と手のひらを突き出す。

塔の地下牢は、ひとつを除いてすべて開いている。

（本当にこんなところに閉じ込めているなんて……）

閉まっている扉の前に急いで駆け寄ったクロエは、冷たい鉄に両手をついて耳を澄ませた。

足元の空気口以外、扉に穴は開いていない。

（これじゃあ牢の中は真っ暗闇だわ）

たまらない気持ちになりながら、キッと顔を上げる。

こちらから中の様子を覗くことはできないし、なんの声も聞こえない。

でもロランドはこの中にいるはずだ。

「ねえ、ロランド！　いるのよね!?」

大きな声で呼びかけると、やや間があってから返事が聞こえてきた。

『その声……あのときの女……!?　おまえ、なんでこんなところにいんだよ!?』

「あなたが怖がってると思って励ましに来たのよ」

『はあ!?』

「待ってて。いまスティードがなんとかしてくれるはずだから。私はそれまで傍にいるからね！」

『別に怖がってねえよ！　邪魔だからどっか行け』

「いいのよ、強がらなくて。わかってるから。私だってそんなところに閉じ込められたら、怯えて漏らしてたと思うし」

『おい、俺は怯えてもいないし、漏らしてもいねえからな！』

反論をまったく意に介さず、クロエは胸を張った。

「大丈夫、誰にも言わないから安心して！　私とあなた、ふたりだけの秘密よ！」

『ふ、ふたりだけの秘密って……。ハッ、いや、そうじゃねえ！　俺の話を聞け！』

「スティードがお兄さんに根回ししてる。それまでの辛抱よ。扉を開けてもらえるまでずっと私がここにいるから」

ロランドは驚いているのか、答えが戻ってくるまで時間がかかった。

『ずっとって……。いつ許可が下りるかなんてわかんねえだろ。だいたい牢の中じゃなくても薄気味悪い塔だし、おまえだってこんな辛気臭いところいたくないだろ。そう言ったじゃないか』

「そうね。冷静になると、やっぱり怖いわね」

怒りによって忘れていられた恐怖が、覆いかぶさるような勢いで舞い戻ってくる。

ゾクゾクッと寒気を感じて、クロエは震え上がった。

「ううっ。せっかく気にしてなかったのに、余計なこと言うから怖くなってきちゃったじゃない」

『だったらさっさと出てけ』

まるで犬でも追い払うような物言いをされて、むっとなる。

そう言われて逃げ出すと思われていることも気に入らない。

「冗談じゃないわ。私が外でも怖いってことは、中にいるあなたはそれ以上に恐ろしい目に遭ってるってことじゃない。自分だけ逃げだしたら、負け犬みたいで嫌だもの。だいたいここであなたを見捨てたら、私は破滅しちゃうんだから！」

『何言ってんだ？　破滅？』

「はっ、そうだ！　わかったわ！」

名案を閃(ひらめ)いたクロエは、ぽんと手を叩いた。

「怖い気持ちを追いやるために、歌えばいいのよ！」

『はあ？　ガキの発想だな』

「そんなことないわよ。絶対楽しい気持ちになれるから！　さあ歌うわよ！」

『くだらねえ……。好きにしろ』

こほんと咳(せき)払いをし、クロエは胸の前で手を組んだ。

足を少し広げて、背中をぴんと張って、すうっと息を吸い込んだら——。

「ああ〜〜〜ぼえ〜〜〜〜〜〜」

『……!?』

クロエは大きな声で元気よく歌い出した。

鉄扉の向こうから息を呑むような気配がしたけれど気にしない。

「ぼえ～、ぼ～～え～～～～～」

『……っ』

近くで様子を眺めていた衛兵が、ぎょっとした顔でクロエを見ている。

それでも構わずに歌い続けていると、たまりかねたように噴き出す声が聞こえてきた。

『ぶはっ。あっはっはっはは!!』

初めて聞いたロランドの大笑いだ。

扉越しでも、今彼がどんな顔をしているのか想像がつく。

『な、なんだよそれ!! お前音痴すぎるだろ!?』

「ふふん。よく言われるわ」

クロエはにやりと笑った。

「でもおなかから声を出して歌を歌うと、元気な気持ちになるでしょ。続き行くわよ、ぼえ～～～～～～」

『あはははは!! やめろやめろ、お前ちょっとウケたと思って調子に乗ってるだろ! さっきより下手になってるじゃねえか!』

「ぼええ～～」

『あはははは!!』

ロランドが笑いすぎて泣きそうになるまで、クロエは高らかに歌い続けた。

やがて一曲目が終わると、ロランドは息を乱しながら言った。

『おまえみたいな変な女、会ったことない。こんなふうに笑ったのも初めてだ。はあ、まじで笑った……』

「あら。もしかしてもう終わったつもりでいるの？」

『え。まさか……』

「いくわよ、二曲目！」

『お、おい、やめろって！　俺を笑い殺す気かよ!?』

暗闇の恐怖が彼の心を呑み込めないぐらい笑わせてやる。

そう思いながら、クロエは再び歌いはじめた。

扉の向こうから聞こえてくるのは、底なしに明るい笑い声。

(今日の思い出としてロランドの心に残るのが、私の音痴な歌声になればいいのよ！)

ギデオンや家庭教師の意地悪に負けないぐらい、強烈な歌声を持っている自信はあるのだ。

負けず嫌いなクロエの心にメラメラと炎が燃え上がる。

それからスティードが長兄を引き連れてやってくるまで、クロエは下手くそな歌でロランドを笑わせ続けたのだった。

（4）

ロランドが北の塔に幽閉される事件が起きた数日後。

スティードはクロエとロランドを自室に呼び出して、事の顚末(てんまつ)について話す機会を設けた。

何があって、どういう結末を迎えたのか気になっていたクロエとは違い、ロランドのほうはあからさまに迷惑そうな態度だ。

それでよくこの場に出向いたものだと不思議に思っているクロエは、時折ロランドが自分にじーっと視線を向けてくることにも、それを見たスティードが意味深に瞳を細めていることにも気づいていない。

「で、いったいあの日、なにがあったの？」

なかなか本題に入ってくれないのでクロエが問いかけると、スティードはロランドをちらっと見たあと、説明をはじめた。

スティードの話によれば、彼の兄である王太子マティアスは、状況を知ると眉(まゆ)を寄せて、「こんなのは罪人に与える処罰だ」と言い捨てたらしい。

そして即座に、ロランドを牢獄の中から出すよう命じてくれたのだ。

おかげでクロエは七曲目の歌を歌い終わる前に、ロランドを牢から救出できた。

問題のギデオンは、その日のうちにマティアス王太子に呼び出されたものの、最初はしらばくれて真実を打ち明けようとしなかった。

けれど、「私に向かって偽りをのべるつもりか？」とマティアスに言われると、震え上がって事の顛末を白状したのだそうだ。

「クロエ。実はギデオンは、ロランドじゃなくクロエにひどいことをしようとしていたんだよ」

「私？　なんで……って、ああっ！　もしかしてこのあいだ胸倉を掴んで脅かしたからその報復!?」

スティードが頷くのを見て、ギデオンに対する苛立ちが燃え上がった。

悪役を目指す者に対して報復しようとするなんて、いい度胸ではないか。

（あら？　でも変ね）

だったらなぜロランドが捕まっていたのだろう。

小首をかしげていると、向かいの席に座っているロランドが面倒くさそうにため息をついた。

「おい。別にどうでもいいだろ、そんな話は」

「いいや、どうでもよくないよ。クロエの身を守るためにも何があったかきちんと説明しないと。まあ僕だってロランドがクロエのナイトになったなんて話、本当はしたくないんだけどね」

「何がナイトだよ。気障なやつだな」

うんざり顔のロランドと、複雑な表情を浮かべたスティードの顔を交互に見る。

ロランドがナイト？

いったいなんの話をしているのだろう。

ふたりにしか理解できないやりとりを続けられて、ムッとなる。

なんだか仲間はずれにされている気分だ。

スティードとロランドの兄弟仲がよくなったのなら、もちろんそれは喜ばしい。

クロエはちゃんと会話に交ぜて欲しくてソファーの縁に両手をつくと、ぐっと身を乗り出した。

「ねえ、どういうことよ。私にもわかるように説明してちょうだい」

「うん、もちろんだ。でもクロエ、話を聞いてロランドにときめくのはなしだよ」

「と、ときめく!? ななな何言ってるのよ!?」

スティードが変なことを言うから、頬が勝手に熱くなってしまった。

明らかにそんな単語が飛び出すような流れではなかった。

スティードのこういうところは、本当に理解不能だと思いながら、クロエはむすっと唇を尖(とが)らせた。

まだ顔はポッポッポッしたままだ。

「はぁ……。なんでそんな可愛い反応するかな、本当に心配だ。――いや、話を戻そう。ギデオンはクロエに仕返しをするため、その実行犯として協力するようロランドを誘ったんだ」

「呆(あき)れた！　自分でやり返す度胸もなかったってこと!?」

ロランドはそのときのことを思い出したのか、バカにするように鼻先で笑った。

「『引き受けて成功させたら、俺の子分にしてやる』だとさ。貴族のお坊ちゃんでも、下町辺りのゲスな人間と思考回路は変わらねえんだな」

「ロランド、それギデオン本人にも言ったの？」

「当然。そしたらあいつ血相を変えて詰め寄ってきたけど」

「それで喧嘩になっちゃったの？」

「……」

ロランドは行儀悪く頬杖をつき、スッと顔を背けてしまった。

（ん？）

「クロエ、違うんだ。ロランドはね、君から『暴力に訴えるな』と言われたから、ギデオンの挑発に乗らなかったんだよ」

「え！」

ロランドが我慢したと知って、クロエはびっくりした。

（私が言ったこと、ちゃんとロランドの心に響いたの？）

なかなか可愛いところがあるではないか。

「おい。妙な言い方をすんな。別にこの女のことは関係ねえ。あんなヤツ、相手にするまでもないと思っただけだ」

ぶすっとした顔で吐き捨てるように言われても、ロランドのことが憎めなくなってきた。

「ねえ、ロランド。でもそれで済んだの？」

相手はあのギデオンだ。

蛇のようにネチネチしつこくまとわりつきそうだ。

と思ったら案の定――。

「逆上したギデオンはロランドに殴りかかってきたんだよ。そうだろう、ロランド？」

「殴りかかる？　ノロノロぶつかってきたの間違いだろ。あんなパンチに当たるほど鈍いやつなんてこの世に存在しねえっての」

ロランドが避けた結果、ギデオンは自分から噴水に突っ込んでしまったのだという。

それから大騒ぎになって、家庭教師が駆けつけてくる事態にまで発展し――。

ギデオンやその取りまきたちは、ロランドが一方的に暴力を振るったと主張して、家庭教師を味方につけた。

『家庭教師』という言葉に、クロエはハッとなった。

（もしかしてゲームでロランドを閉じ込めたり、いじめたりしていた家庭教師？）

スティードのことをチラッと見ると、こくりと首を縦に振った。

（やっぱり……）

『ロランドが家庭教師によって、北の塔に閉じ込められる』というイベントは、ゲームのとおり起こってしまったのだ。クロエはがっかりして肩を落とした。

「家庭教師はギデオンの話しか聞かず、ロランドが乱暴をしたと誰かに報告した」

「誰か？」

「ギデオンや家庭教師が、庶子のロランドを差別していようが、ロランドは王子という立場にある。彼らの権限でロランドを監獄に幽閉するなんて不可能だよ」

たしかにスティードの言うとおりだ。

「じゃあもっと偉い人がこの件に絡んでいるってこと？」

「可能性は高い。それが誰であるかを突き止めるのは難しいだろうけれど」

家庭教師は当然、黒幕の存在についてなど口を割らなかったし、自分ひとりの責任だと認めている。

クロエとスティードの話を聞いていたロランドは、冷めはじめた紅茶をグビッと飲み干すと、どうでもよさそうにソファーに身を埋(うず)めた。

「突然ポッと出てきた庶子の王子だぞ。よく思われないに決まってる。どうせ王宮にいるほとんどの人間が俺の敵だ。誰が手引きしたかなんて興味ねえよ」

「まあ、一理あるね。一応、今回の件で厄介な家庭教師は解雇されることになった。それでよしとしたほうがいいかもしれない」

「だいたいそういうところをあんまり突っつくと、藪(やぶ)の中から蛇が出てくるしな」

（藪の中から蛇……。とんでもない人が黒幕だって言いたいの？）

スティードはロランドの言葉を肯定も否定もしなかった。

王子であるロランドにたいして、処罰を命じられる人間なんて限られている。

（たとえば王妃様とか）

クロエも無言のまま、スカートの上に置いていた手のひらをぎゅっと握った。

なんの根拠も証拠もないのに、その人の名前を出すことなんてできない。

ましてや相手はスティードの実母なのだ。

「申し訳ないけれど、家庭教師に命じた人間についての問題は僕に一任してくれないかな。ロランドの身に、また何か危険が迫りそうなときは必ず僕が対処すると約束するから」

「おい、余計なことするな。俺は自力でなんとかできる。話が終わりならもう行くぞ」

むっつりした顔でロランドが立ち上がろうとする。

クロエは彼を慌てて呼び止めた。

「待って、ロランド！」

「あん？」

「まさか私を庇ってくれていたなんて……。ロランド、迷惑かけちゃってごめんなさい。それからありがとう」

「別におまえを庇ったわけじゃない」

ロランドがぶっきらぼうに言う。

でも心なしか、言葉の調子にとげとげしさがなくなってきた。

「ていうか、んなこと言うなら、おまえこそ俺のために……」

「え？」

「いや、なんでもない」

ロランドは真顔でクロエをじっと見つめたあと、にやりと口角を上げた。

そうやって笑うと、何もかもを敵視するような目が少し垂れて、優しい印象に変わる。

雰囲気が変わる瞬間を目の当たりにしたクロエは、一瞬ハッとしてしまった。

（ロランドって、こんな顔もできるのね）

クロエに向けて、親しみのこもった微笑みを向けたまま、ロランドは軽く肩を竦めてみせた。

「それにしてもおまえのあの歌声は笑えたなあ」

あのときのことを思い出したのか、ロランドがくっくと笑いはじめる。

「なんだかんだで楽しんでいたじゃない」

「まあな。世界一特別な歌声を聞かせてもらえたし？　まじで心に響いて、涙が出るかと思ったなー」

「嘘だってバレバレよ！」

クロエはロランドの肩をぱしぱしと叩いて突っ込みを入れた。

ロランドは別に嫌がっている様子もない。

（あれ。なんかロランドと話してるの楽しいかも）

今回の一件を経たことで、急速に彼との距離が近づいた気がする。

打ち解けた空気がなんとなくうれしい。

そんなふうな想いを抱いたとき、しばらく黙ってふたりのやりとりを見守っていたスティードが、不意に口を開いた。

「そうだ。クロエのことをまだ正式に紹介してなかったね。彼女はベルトワーズ公爵令嬢で、僕の婚約者なんだ」

「婚約者？」

ロランドは、スティードの説明にぴくりと眉を動かした。

「貴族や王族には、ほとんどの場合、幼いうちから婚約者がいるんだよ。君もいずれはどこかのご令嬢との縁談が持ち上がるはずだ」

「ふうん」

無表情になったロランドは、さっきより低い声で、クロエに唐突な質問をぶつけてきた。

「なあ。おまえ、こいつのこと好きなの？」

「え？　そりゃあ好きよ。だってスティードとは子供の頃からずっと一緒だし」

「そういう意味の好きじゃねえよ。恋愛対象として見てんのかって話」

「恋愛対象!?」

（スティードを!?）

どことなく大人びているロランドの口から「恋愛対象」などと聞くと、なんだかものすごく仰々しいもののように思えて、クロエは驚いてしまった。

「れ、れれれれ恋愛なんて！」

もう、本当に嫌だ。

こういう話題は苦手だから勘弁してほしい。

「わからないわよそんなの！　だ、だって私たちまだ十一歳だし！」

「クロエ……」

挙動不審な態度で突っぱねると、スティードはがっくりと肩を落としてしまった。

でもスティードを気にしているような余裕がクロエにはなかった。

恥ずかしさのあまり、ぷいっと視線を逸らす。

すると、スティードの隣にいるロランドがなぜか勝ち誇った顔をしているのに気づいた。

「だったら俺にもチャンスがあるってことだな」

「チャンス？　なんのこと？」

首をかしげてロランドに問いかけたのに、返事は戻ってこない。

ロランドが睨みつけるように見つめているのは、クロエではなくスティードだ。

スティードも負けずにロランドを睨み返している。

「宣戦布告か。面白いね。兄弟として君のためにできることがあれば手を貸すつもりだけど、この件に関してだけは譲れないな」

「譲ってもらうまでもない。奪いに行くから覚悟しとけよ、兄弟」

挑戦的な顔で笑うロランドと、その視線を真っ向から受け止め、不敵に微笑むスティード。

恋だのと言われて、ひとりで取り乱していた結果、クロエはまた話についていけなくなってしまった。

譲る譲らないって、いったいなんの話をしているのか。

再び疎外感を覚えて「ちょっと、私を仲間外れにするのはやめてよ！」と喚くと、二人の腕を掴んでぎゅっと引き寄せてやった。

「うわ!?　クロエ!?」

「お、おい、何すんだよ!?」

兄弟がそろって慌てふためいた声を上げる。

やっぱりこのふたり、気が合いそうだ。

ロランドルートでの最初のきっかけを回避することには失敗してしまったけれど、その点は本当によかった。

それにゲームの中では敵対視しているロランドと、お友達のような距離感になれたことも正直うれしい。

ロランドはギデオンの報復からクロエを護ってくれたし、クロエはロランドの窮地を救おうと努力した。

（お互いのピンチのために行動できたんだもの。それってもう友達よね！）

クロエは心の奥がポカポカ暖かくなるのを感じながら、二人の腕に絡めた手にぎゅっと力を込めたのだった。

三章　破滅回避会議

攻略対象たちに
気に入られるとか
どうでもいいです。
私は私らしく、
自由にさせて
いただきます！

（1）

「ねえ、スティード。こんなにのんびり過ごしていていいの？　警戒しなきゃいけないこと、もっといっぱいあるのかと思っていたわ」

クロエとスティードは今、城の敷地内にある遊歩道を散歩している。

春の日差しはポカポカと暖かいし、鳥はさえずっているし、平和を絵に描いたような状態だ。

「物語が本格的に動き出すのは学園入学後だからね。それまでの間、ターニングポイントとなるような出来事が起こるのは数えるほどだ」

「そんなに少ないの？」

「一年に一度あるかないかぐらいに思っていて。ゲームの本編は僕たちが十五歳の夏、ヒロインが入学してくるところから始まる。それ以前の出来事は、攻略キャラたちがヒロインに語る思い出話や、イベントシーンでの回想でしか登場しないから、細かい展開まで僕にも把握できてないんだ」

「日々の小さな出来事は、ゲームには出てこないってことね」

なんでもかんでも先に知ることができるほど、便利なわけじゃないのか。

「いい点もあるよ。そのキャラクターの人生を変えた出来事がはっきりしているわけだから。対処するポイントを間違えることはありえない」

たとえばロランドが閉じ込められた事件のように。

ここ一番の山を乗り越えられれば、とりあえずの危機回避はできるというわけだ。

次に重要なエピソードが発生するのは、二年後の夏。

それまではゲームの知識を増やしつつ、ロランドのトラウマが遅れて発症しないように、目を光らせておこうということになった。

そんなわけで、クロエはせっせとロランドのもとへ通っている。

もちろんお忍びで。

おかげで彼の住む離宮に侵入する技術がだいぶ上達した。

「さあ、ロランド！　ついてきなさい！　あなたは悪役として見込みがあるから私が特訓してあげる！」

離宮の廊下でクロエに捕まったロランドが、盛大にため息をつく。

クロエの後ろにいるスティードは、そんな彼に向かい軽く肩を竦めてみせた。

もちろん楽しそうに腰に両手を当てているクロエには見えていない。

「はあ？　なんでだよ。こっちは城で暮らすためのくだらないレッスンとやらで忙しいんだ」

「あら。だったらサボり方も教えてあげるわ！　私はその道のプロなのよ」

「へえ。悪くない誘惑だ」

「まったくふたりとも、仕方ないな……。いいかい、ロランド。クロエに悪い方向で感化されてはだめだよ」

　スティードがため息交じりに注意すると、ロランドは鼻で笑った。

「そんなこと言って、俺がクロエと一緒にいるのが面白くないんだろ？」

「まさか。微笑ましいなと思って見守っているよ」

「目が笑ってないぜ。それでごまかせてるつもりか？」

「ふたりとも、なんの話してるの？」

「「なんでもない」」

　言い争っていたように見えたのに、ふたりそろって同じ返事をしてくるのだから意味がわからない。

　まったく仲がいいのか悪いのか。

「ねえ、クロエ。レッスン中、ロランドの傍には僕がちゃんとついているよ。君がこうやってかかりきりになる必要はないんだ」

「ギデオンみたいな小悪党の考えそうなことを予想するのは、あなたより私のほうが断然向いてるもの。だから私に任せて！」

「うーん。僕の言いたいこと、全然伝わっていないみたいだ……」

「大丈夫、ヘマはしないわよ。スティードは私よりずっと忙しいんだし、勉強に集中していて」

　クロエがそう主張するたび、なぜかスティードは複雑そうな顔をする。

そんなに自分の手でロランドを護りたいのだろうか。

ふたりは兄弟だから、当然なのかもしれない。

クロエとスティードが四六時中べったり張り付いていることもあって、今のところロランドは暗闇を恐れていない。

「北の塔に閉じ込められていたのに、怖くなかったの？」と尋ねたら、「すぐに誰かさんがやってきて、笑わせてくれたからな。怖がってる暇もなかった。それよりおまえ、あの歌、また聞かせろよ」と言って、にやりと笑われた。

人をからかう余裕があるくらいだし、強がっているわけではなさそうだ。

だからと言って、安心はできない。

もしかしたら今後、同じような事件をギデオンが起こして、再びロランドが『北の塔』に幽閉される可能性だってある。

スティードによると、ロランドは『学園に入学するまでの間、何度も家庭教師に閉じ込められた』とゲームの中で発言していたらしい。

あの家庭教師はクビになったけれど、またギデオンに手を貸す大人が現れないとは限らないのだ。

表だってロランドをいびる人間はいないものの、王宮内に彼をよく思わない存在が多いのも残念ながら事実だった。

嫌みを言われている現場を見つけて、駆けつけたことも一度や二度ではない。

クロエがケンカを買って、口論で相手をやり込めることなんてしょっちゅうだ。

とはいえ、ロランドのほうがずっと口は達者なのだけれど。

そんなロランドから学ぶことは多い。

彼のおかげで口ゲンカのスキルが桁違いに上がったとも思う。

だからロランドと一緒にいるのは楽しい。

破滅フラグを回避する問題を置いておいても、彼とは友達でいたかった。

ロランドのほうがクロエをどう想っているかはわからない。

ただなんとなく嫌がられてはいないような気がしている。

ロランドが囲まれているのを見つけるたび、髪を振り乱して駆けつけ、いじめっ子たちを追い払う。

そうするといつも、ロランドは呆れ顔で溜め息をつく。

そんなとき、ぶっきらぼうな態度とは裏腹に、彼の瞳はいつもどこかうれしそうなのだ。

『ひとりでなんとかできってる毎回言ってんだろ。……でもサンキュ』

つっけんどんなお礼の言葉を聞くたび、クロエもうれしくなった。

初めて会った日は、あんなにツンツンして好戦的だったのに。

いまは随分心を開いてくれている。

クロエと雑談をしている最中に、おなかを抱えて笑うこともあるくらいだ。

それにロランドは兄のスティードとも、お互いに気心の知れた感じで話すようになった。

時々クロエを間に挟んで、お互い不敵に笑いながら睨み合っているのも、多分仲のいい証拠だろう。

そんなふうに過ごしていたら、あっというまに月日は巡り――。

クロエたちは十三歳になった。

破滅フラグに繋がる第二の重要なエピソード。

その事件が起こる夏の日は、もうすぐそこまで迫っている――。

（2）

十三歳の初夏。

クロエは今日もスティードと、破滅回避会議を開いている。

この集まりが恒例のものとなってだいぶ経つ。

会議とは言っても庭を散策したり、散歩がてら話し合いを行う日がほとんどだ。

お茶を楽しみながらというときは、屋敷のポーチやバラ園の東屋、天気のいい日には楓（かえで）の木陰や芝生の上で過ごすこともある。

雨の日以外、部屋の中で会うのは稀（まれ）だ。

クロエは室内にいるより、動き回っていたい性質だったし、スティードはそんなクロエの好みをよく理解していた。

今もふたりは芝生に広げたキルトに腰を下ろして、初夏の爽やかな日差しのもと、和やかにお茶を飲んでいた。

そんなふたりの様子を、メイドたちは温かい目で見守っている。

どうやらクロエとスティードを、幼い恋人同士だと思っているらしい。

理由は明白。

破滅回避会議のため、スティードとクロエの会う時間が、以前に比べてかなり増えたからだ。

その結果、メイドたちは完全に勘違いをして、お茶を注いだあとは、少し離れた場所に控えるようになった。

呼べば聞こえる距離だけれど、ふたりでひそひそ話している分には会話が漏れない。

「秘密の会合をするのに都合がいいよ。クロエと恋人同士になったって思われてるのもうれしいし」

スティードは状況を楽しんでいて、のんきなことを言ってくる。

「私は事実じゃないのに勘違いされてるのは嫌だわ」

「そう？　周りから恋人だって見られてるうちに、だんだんそれが本当かもって思えてくるかもしれないよ」

「なにそれ。そんなにバカじゃないわよ」

むっつりしたクロエに向かい、スティードはくすくす笑って、今のは僕の希望だと付け加えた。

クロエとスティードの関係は相変わらず。

スティードの片想いを、クロエが上の空で聞き流すという状態が続いていた。

クロエたちは十三歳。

貴族社会においては、この年齢でも婚約している者がほとんどだし、十三、四歳で嫁ぐ令嬢も決して少なくはない。

だからスティードの恋心がませすぎているというわけではなかった。

問題はクロエのほうにある。

(恋だの愛だのってそんなに大事なこと？　私には全然理解できないわ)

今の関係はとても居心地がいい。

時々スティードが変な感じで距離を詰めてくるのには戸惑うけれど、それ以外は気楽に過ごせている。

スティードはクロエに淑女らしい振る舞いを期待したりしないから、自然体でいられるのだ。

このままでいるのはいけないことなのだろうか。

クロエだって別にスティードを嫌っているわけではない。

自分の婚約者だということも一応忘れていないつもりだ。

でも恋とか愛とかはやっぱりわからない。

（スティードはなんというか、そう、同志みたいな感じなのよね）

スティード本人が聞いたら、がっくりと肩を落とすようなことを考えながら、クロエは目の前のサンドイッチに手を伸ばした。

十三歳のクロエも十一歳のクロエに負けず劣らず、まだまだ色気より食い気なのだった。

あれこれ思いを巡らせているうちに、スティードと並んで座っているのが恥ずかしくなってきた。

姿勢を正すふりをして、さっきより少し離れた場所にさりげなく座り直す。

スティードがちらっとこちらを見たのを感じた。

何か言われるかと冷や冷やしたけれど、彼は軽く肩を竦めただけだった。

「さてと。この一年で君はゲームの知識にかなり詳しくなったよね」

よかった。

ゲームの話に戻ってくれた。

これなら居心地の悪い想いをしなくて済む。

「特殊用語はすべて覚えてくれたし、ゲームの構造も今や完璧に把握できている。ね？」

問いかけてくるスティードにたいして、ふんふんと頷き返す。

上質なバターがたっぷりぬられたタマゴサンドを食べる手は、ガツガツして見えない程度に動かし続けたままだ。

「ここ一年、我ながらかなりがんばったと思うわ」

勉強は大の苦手なのに、投げ出したりもしなかった。

それもこれも、次の重要な局面に備えるため。

そしてついに決戦の時がやってきたのだ。

「準備は万全。次はいよいよ、打って出る番だ」

「やっとなのね！　さあ、早く計画の詳細を教えてちょうだい！」

クロエは張り切って瞳を輝かせた。

第二の重要なエピソードが起こるのは、十三歳の初夏だと聞いて以来、今か今かと待ち続けてきたのだ。

闘技場に向かう剣闘士のような気持ちで身を乗り出す。

『破滅する運命』という敵をコテンパンに倒してやりたい。

クロエの頭の中は、ご令嬢らしからぬ闘志で燃え上がっていた。

（3）

「それで、今回はどうやって破滅の運命を回避するの？」

登場人物たちのパーソナルデータ、ゲーム用語、システム。そういったものに関しての知識は、スティードから完璧に伝授されている。

けれど攻略対象それぞれのルートについては、まだほとんど説明を受けていなかった。

「一度にまとめて全員分のルート内容を覚えようとすると、きっと混乱するだろうから。ロランドのときと同じように、その人物との接点が生まれる段階になったら詳しい話をする形でいい？」

クロエがゲーム用語を覚えた段階で、スティードはそう提案してきた。

ルートとその途中で訪れる数々の分岐地点。

これらは破滅エンドを防ぐうえでものすごく重要で、ひとつの小さなミスが、痛恨の結果を生み出す可能性もあるのだという。

完璧に全員分のルートを覚えきれるか。

クロエにはまったく自信がなかったから、スティードの提案に従うことにした。

顔も知らない相手の人生を十五年分把握し、完璧に記憶するなんて至難の業だ。

頭のいいスティードと違って、クロエはもともと勉強嫌いなタイプだったので、はっきり言ってゲーム用語を習得しただけで、限界を感じていた。

「ちゃんと頭に叩き込んでおかないといけないのよね」

「安心して、クロエ。わかりやすいように順番を追って説明するよ。まず今回、訪れる重要なエピソード。それが誰にまつわるものなのかってことだ。クロエ、攻略キャラのひとり、オリバーのことは覚えているね？」

もちろんだ。

攻略対象キャラの情報は基本中の基本。

クロエは人差し指を振りながら、得意げに諳（そら）んじてみせた。

「オリバー・ブルーム。交易で財を成した貴族の道楽息子ね。性格は軽薄で女好き。息を吸うように嘘を吐くし、本音を口にすることは皆無」

けっこうなキレ者なくせに、どんな場面でも飄々（ひょうひょう）としていて本気を見せたりはしない。

いつでも全力で悪役令嬢を目指しているクロエとは真逆のタイプだし、軽薄なところもどうかと思う。

鼻持ちならない嫌なやつという印象の強い人物だ。

「絶対私とは合わないタイプだわ！　だけど、そんなどうしょうもない男も、ヒロインを好きになってからは改心するのよね」

「君の口から他の男の悪口を聞くのって、最高の気分だな」

突然、スティードが話の腰を折って、わけのわからないことを言い出した。

「僕は世界中の同性すべてをライバル視してるからね。そのうちのひとりがスタートに立つ前から出遅れたと聞けば、胸が躍るものだ。もっとも僕が与えた情報からクロエに嫌われてしまったのだから、ちょっと後ろめたくはあるけど」

悪口を聞いて喜ぶなんて、大丈夫だろうか。

（スティードってキラキラした見た目のわりに、時々黒い面を見せるのよね）

年齢が増すごとに、そんな性質が強くなっている気もする。

(悪役キャラは私の特権なのに！　被られたらたまったものじゃないわ)

斜め上の方向でスティードを警戒しつつ、クロエは話の続きを促した。

「今回はオリバーに関する重要なエピソードが起こるわけね」

「そのとおり。十日後、プラムという名の避暑地で、オリバーはゲームのヒロインである少女マリオンと、運命の出会いを果たす」

ヒロインと攻略対象の初めての出会いといえば、たしかにかなり大事なイベントだ。

「オリバーがヒロインへの恋愛感情を自覚するのは、十五歳になってからだ。でも彼が恋に落ちるきっかけは、初めての出会いが生み出したものなんだよ」

「ははーん。つまりそこで恋の『フラグ』が立つわけね？」

「ゲーム用語の理解は完璧だね、クロエ」

スティードに褒められ、得意げな気持ちになる。

努力の結果がちゃんと発揮できてうれしい。

「僕らは今回、そのフラグを壊すんだよ。オリバーが決してヒロインを好きにならないように」

予想外の答えにびっくりした。

また今回もロランドのときと同じようなパターンを想像していたのだ。

つまり人生がねじれないように救い出すのかと想像していた。

（なるほど。こういう対処方法もあるのね）

だけどオリバーの恋と、クロエの破滅。

そこにどんな繋がりがあるのだろうか。

「オリバーとヒロインが恋をすると、どうして私が破滅するの？」

たとえばの話。

ゲームどおりクロエがヒロインをいじめた結果、ヒロインに恋するオリバーから報復されるなら、単にいじめをしなければいいだけだ。

なにもふたりの恋を潰す必要はない。

恋する男女とクロエ。

そこにどうして自分が絡むのか、想像がつかない。

スティードから戻ってきたのは、意外な返答だった。

（4）

「オリバーのルートでは、君はかなり重要な存在として出ずっぱりなんだよ。とくにオリバーとの接点は、ヒロインよりクロエのほうが多いくらいだ」

「ええっ⁉　どうしてよ⁉」

「それも順を追って説明するね。まずこの話の主軸になっているのは、ヒロインの置かれている境遇だ。ヒロインの家はここ数年、没落の一途を辿っている。今現在も、資金繰りをなんとかするために、方々の別荘を売りに出している最中のはずだ」

「でも避暑地に来るのよね？」

「うん。ただし目的は避暑じゃない。売りに出す別荘を片づけるため、やってきたんだ。マリオンは手伝いを命じられて同行している。片づけ要員として人を雇う余裕もないんだろう」

クロエはびっくりして、すぐに言葉が出てこなかった。

使用人すら雇えず、自ら働くしかないなんて。

貴族の女性にとって、それがどれだけ屈辱的なことか、想像に難くない。

「あ！　ねえ、スティード！　ヒロインの家の没落はもう回避できないの？」

もしクロエの破滅のように、今からでもなんとかなるのなら……。

そう思ったのだ。

しかしスティードは眉を下げて、やんわりと首を横に振った。

「クロエ、落ち着いて聞いてね。ヒロインの家が没落する原因は、君の御父上にある」

「なっ、なんですってー!?」

スティードの気遣いも虚しく、クロエは動揺のあまり叫んでいた。

（どうしてお父様が……）

愕然としながらも、頭の片隅で「お父様ならありえるわ」と思ってしまう自分がいる。

クロエたち家族には、砂糖菓子のように甘い父。

しかし、彼が他者に対して、時に冷酷なほど無情になることをクロエは知っていた。

ミスを犯した使用人、出入りの商人などの前での父の振る舞いを思い出す。

それは決して褒められたものではなかった。

「ごめんね、クロエ。君には辛い話かもしれない」

「ううん、平気よ。お父様を聖人君子だなんて思ったこと、一度もないわ。続きを聞かせて」

スティードは苦笑してから、再び口を開いた。

「実はね、二年後、城ではクーデター未遂が起きる。その首謀者は君の父である公爵だ」

「クーデターって……。まさか、お父様ってば玉座を狙ってたの!?」

「いいや。クーデターに見せかけて、とある伯爵を排除することが公爵の真の目的だ。偽りのクーデターをでっちあげ、その首謀者に伯爵を仕立てあげることで、彼を処刑しようとした。けど寸前に計画は失敗。困った公爵は、すべての罪をヒロインの父に着せるんだ」

クロエは頭を抱えたくなりながらも、黙って話を聞いていた。

「ヒロインの父は、何年も金銭的に困っていて、金のために公爵に手を貸していたんだ。結局ヒロインの父は、反逆罪で監獄送りになる。その結果、ヒロインの家は完全に没落してしまう」

クロエの胸は罪悪感で押し潰されそうになった。

そんな悪役ぶりは美しくない。

下衆の所業だ。

実の父だからなおさら、腹が立った。

（お父様、最低ね……。情けなくて涙が出そうだわ）

喉まで出かかった言葉をぐっと呑み込む。

心配そうに顔を覗き込んでくるスティードの前で泣き言を口にしたら、きっと励まされてしまう。

辛いのはヒロインなのだ。

（私が落ち込む資格なんてないわ）

「ヒロインの没落とオリバーの関わりについても教えてちょうだい」

胸に溜まっていくもやもやとした感情。

今はそれを極力意識しないようにして、クロエは冷静な声で質問した。

おそらくスティードは、クロエのそんな気持ちを見抜いている。

でもクロエが隠したがっている感情を、敢えてほじくり出そうとはしなかった。

「オリバーはね、ヒロインと再会して慕うようになったあと、その人生を台無しにした君の家族への復讐を決意するんだ」

クロエの心情を慮るように、遠慮がちにスティードが言う。

「ゲーム本編では、公爵の罪を暴くことまでやってのけた。結果、ヒロインの父は事務官の座に戻される。公爵は反逆罪で捕まり、クロエは路頭に迷い、最終的に奴隷商人に捕まってしまうんだ」

「ど、奴隷」

今回の破滅も結構えげつない。

奴隷がどんな扱いを受けるのか具体的には想像がつかなくても、ひどい暮らしになるのは間違いなさそうだ。

（あれ。でもちょっと待って。私が奴隷になるルートを回避しちゃった場合、ヒロインのお父様はずっと捕まったままなんじゃ……）

破滅を回避するために、ヒロインの人生を台無しにするなんてできない。

自分の幸せのために、他者を踏み躙（にじ）る。

それはクロエの思い描いている悪役道に反していた。

クロエは「悪人ながらあっぱれ！」と言われるような悪役令嬢になりたいのだ。

「スティード。私、他人を巻き込むなんてみっともない真似をするくらいなら、破滅を選んだほうがマシだわ。たしかに破滅は嫌よ？　潔く受け入れられるかっていったら、全然そんなことないわ。だって破滅ってなんだか痛そうだし！　でも、ヒロイン一家の幸せを踏み潰して生きてくなんてやっぱり無理よ」

とはいえ破滅は恐ろしい。

しゅんとして項垂（うなだ）れていると、優しく励ますように頭を撫でられた。

「君ならそう言うと思っていたよ。大丈夫、君を破滅させはしないって約束しただろう？」

「でも……」

「それから君のために誓おう。ヒロインとヒロインの家族のことも犠牲にはしないって」

「……！　何か方法があるのね！」

　スティードが微笑んで頷く。

「ヒロインの家庭の事情と、クロエの父君が黒幕という展開は、当然オリバールート以外でも浮上するんだ。でも、どのルートでも同じ結末を辿るわけじゃない。中にはほとんどの人間が不幸にならず、穏便に解決するルートもあるんだよ」

（ほとんどの人間？）

　引っ掛かりを覚えたが、とりあえず話の続きを聞くことにする。

「『ノーマルエンド』と呼ばれるルートがある。このルートなら、城内にうずまく陰謀を解決するのがメインで、ヒロインが特定の誰かとくっつかない代わりに、大概の登場人物がそれなりに幸せにやっていけるエンディングを迎えられるんだ」

「でも幸せになれるのは全員じゃないのよね？」

　クロエの問いかけに対し、スティードの表情が一瞬翳った。

　それだけでもう、誰がつまはじきに遭うのかわかってしまう。

「私以外が幸せになるエンディングってことね」

攻略対象たちに気に入られるとかどうでもいいです。私は私らしく、自由にさせていただきます！

The targets will like me or not, it doesn't matter. I want to be alive freely on my own way.

斧名田マニマニ Ononatamanimani
Illustration ファルまろ Falmaro

初回版限定
封入
購入者特典

特別書き下ろし。
幼馴染の彼を困らせたい！

※『攻略対象たちに気に入られるとかどうでもいいです。私は私らしく、自由にさせていただきます！』をお読みになったあとにご覧ください。

その日、クロエは獲物もといスティードを探して、王宮の敷地内をうろうろしていた。

(何がなんでもスティードを捕まえて、困らせてやらなくちゃ!)

なぜクロエがそんな願望をいだいたのかというと、昨日、次のイタズラのターゲットを誰にするか計画を立てていて、気づいてしまったのだ。スティードだけはどんなイタズラを仕掛けてみても、笑って受け止めるばかりで、全然、困らないことに。

(誰よりもスティードが、私のことを悪役だって思ってなさそうなのよね)

クロエが悪役令嬢だということを、一番身近な人間に認めさせなくてどうするのだ。

庭園前の回廊でスティードを見つけると、クロエは早速、考えてきた作戦を実行した。

「スティード!」

「わ」

振り返ったスティードの上に、午前中いっぱいかけて集めてきたオナモミの種を、ていやっと降らせる。

ひっつき虫ともいわれるこの種は、その名の通り服にくっついて取るのが大変だ。

いつもお洒落なスティードは身なりがきちんとしている。この種をくっつけられてはさぞ困るだろう。

ところが残念なことに戻ってきたのは、またしても余裕いっぱいの優しい笑顔だった。

「はは、どうしたのクロエ? 新しい遊び?」

それなりに考えてこの作戦を選んだのに、がっかりだ。

「スティード、どうして驚かないのよ! ていうか普通は困るところでしょう!」

「かわいいクロエが僕と遊んでくれているのに、どうして困るの?」

まさかの返しだ。

「こんなにひっつき虫だらけなのに！　いつもスティードに騒いでいる女の子たちも、幻滅するかもしれないのよ？」

「クロエ以外の女の子にどう思われても関係ないよ。それとももしかしてやきもちをやいてるの？」

「ちがうったら！」

「クロエ。それより君のドレスにもついちゃったよ」

「ん？　あら、ありがとう」

スティードの綺麗な指がドレスについたひっつき虫を取ってくれたので、自然にお礼を言う。

「……って、そうじゃないんだって！」

「ふふ」

楽しそうなのがむかつく。クロエはむきになり、ひっつき虫をスティードの髪にくっつけようとした。どうせこのぐらいじゃ困らないことぐらいわかっている。

けれど、クロエの手が髪に触れた途端、スティードがビクッと肩を揺らして、慌てたように身を引いた。

（……ん？）

目が合ったスティードが、なぜか気まずげに視線を逸らす。

（あれ!?　もしかしてスティード、困ってる……？　髪に触るとだめってこと？）

どうしてそれで困るかは謎だけど、手段がわかったなら実行に移すしかない。クロエはしめしめとほくそ笑み、スティードの頭に両手を伸ばした。

「えい！」

「うわあ!?」

わしわしと子犬の頭を撫でるように、スティードの髪を両手で撫でくり回す。スティードはいままで見たことがないくらい慌てはじめた。

「クロエ!?　待って、こういうのはだめだよ……!?　君はただじゃれてるつもりなんだろうけれど、これはさすがにちょっと……！」
心なしか顔が赤いような気がする。スティード
が笑顔以外の表情を見せたのが楽しくて仕方がな
い。嬉しくなってぐいぐいスティードに詰め寄り、
頭を撫で続けていると――。
「クロエ……」
「え!?」
突然、両手を掴まれてしまった。目が合ったス
ティードはにっこり微笑んでいる。でも、どうい
うわけがその目に得体の知れない凄味があって、
クロエはギクッと体を強張らせた。なんだか嫌な
予感がする。
「君と距離を詰めるとき、僕は細心の注意を払っ
てきたんだよ？　クロエが受け入れられる範囲に
しておこうって、君のために色々我慢してきたん
だ。なのにクロエは、僕が決めていたその基準を、
何も考えずにあっさり超えちゃったね」
「あ、あれ、あの……スティード？」
「僕は警告したからね」
いきなり不穏な空気だ。
「君はそんな調子だし、それならもう我慢しなく
ていいのかな。僕もクロエと同じくらい遠慮なく
いかせてもらうけど、いいよね？」
「え……えええ!?」
両手を掴まれたまま、じりじりと詰め寄られ息
を呑む。いつのまにかすっかり形勢逆転している。
ちょっと調子に乗りすぎたかもしれない。
ゴクリと息を呑み、至近距離から見つめてくる
スティードの顔を見返した。
「それじゃあクロエ、まずは目を閉じようか」
「な、なにをするつもりなのよーっ!!」
真っ赤になったクロエの叫ぶ声が、王宮内にこ
だまする。
二人の間に、何が起きたのか。それはまた別の
お話。

「うん。だから絶対にノーマルエンドを僕は認めないよ。でも利用することはできる。ノーマルエンドをベースに修正をはかって、クロエも幸せになれる大団円を導き出すんだ」

正直、スティードの言葉に心底ホッとしてしまった。

それが恥ずかしくて、クロエは慌てて仏頂面を作った。

「大団円？　待って、それってみんなで手に手を取り合って幸せになりましょう的な？　そんなの嫌よ。悪役令嬢が仲よしごっこに参加するわけないじゃない」

腰に手を立てて、ツンとそっぽを向いたのはもちろん照れ隠しだ。

スティードはくすくす笑って、いつものようにクロエのひねくれた発言を受け止めてくれた。

「大丈夫。君が君のままいられる未来を思い描いているから」

心を全部見透かされているようで、もぞもぞする。

付き合いが長いと、こういうとき大変だ。

（スティードって私のこと、なんでもわかっちゃうんだもの）

それがちょっぴり悔しい。

クロエは居心地の悪さを追い払うように、こほんと咳払いをした。

「ねえでも、オリバーはどうなるの？　誰も好きになれないまま、どうやって幸せになるのよ？」

「オリバールート以外の彼は、特定の恋人を作らずにいたけど、それはそれで幸せそうだったよ。

『世界中の女性は皆それぞれに輝く魅力を持っている。ひとりきりを選ぶなんて無粋だと思わない？　夜空に輝く星を見てごらんよ。優劣をつけることなんて不可能だろう？』」

オリバーの真似なのか、歌うような口調でスティードが言う。

クロエは口元をひくっと引きつらせて、どん引いてしまった。

（まだ実物と出会っていないけれど、やっぱりどう考えてもオリバーって苦手だわ！）

「星空を愛でていられればいいらしいから、オリバーにはそういう方向で幸せになってもらおう」

「好きな人を見つけて、恋をすることだけが幸せなわけじゃないものね！　私も恋には全然興味がないし。世の中にはもっと素敵なことがいっぱいあるもの！」

「はぁ……」

「え？　何よ。突然、ため息なんて吐いて」

「いいや、なんでもない。僕のことは気にしないで。——話を戻すね。僕らは、オリバーがヒロインと出会って恋に落ちないよう邪魔をするってことでいいね？」

「ええ、問題ないわ」

恋の邪魔者として立ち振る舞うのは、悪役令嬢っぽくて悪くない。

クロエは俄然張り切りはじめた。

（5）

「オリバーとヒロインは、十日後、避暑地プラムの湖で出会うんだ。ヒロインは、プラムのどこかで母親から譲り受けたペンダントを落としてしまってね。オリバーはペンダント捜しの手伝いを買って出る。それからふたりは別荘の談話室でペンダントが見つかるまでの数日間を共に過ごし、親しくなるんだ」

「わあ……。恋愛小説にありそうな出会い方ね」

「僕はもっとロマンチックなのが好みだけど。たとえばー」

「その続きは結構よ！」

クロエは慌ててスティードの口を塞いだ。

絶対、悪寒がするようなたとえ話を聞かされるのだ。

ヒロインたちの出会いの話でさえ、ムズムズしてしまったのに、これ以上キラキラした恋愛話は聞きたくない。

スティードは強引に話を止められたというのに、うれしそうに笑っている。

「珍しくクロエから触れてくれた」

「そういう言い方しないでちょうだいっ」

クロエは慌ててスティードを解放すると、バッと距離を取った。

スティードのニコニコ笑顔は、それでも全然、引っ込まない。

とても気まずい。

「そ、それでっ？　ふたりの出会いをどうやって阻むの？」

「出会う場所や日付はわかってるからね。先回りして、オリバーの足止めをするつもりだ」

「ふうん。退屈だけど妥当な案ね」

でもそれだけで、あっさり上手くいくのだろうか。

ロランドだって、一度は幽閉を止められたのに、結局、防ぎきることはできなかったのだ。

運命はかなり太い糸を使って、クロエを破滅のほうへ引っ張り寄せている。そんな気がしないでもない。

「ロランドのときのようにならないか心配なんだね」

「ええ。一度は回避しても、別の機会で同じイベントが起きたりするんじゃない？」

「たしかにあれは予想外の展開だった。もっと慎重に行動すればよかったって、未だに後悔しているよ」

「今年は妨害に成功しても、来年同じ場所で出会っちゃうかも」

「それに関しては問題ないよ。オリバーは夏が終わったあと、隣国に留学するから。彼の父は、息子が諸外国で、物を見る目を鍛えることを望んでいてね。この夏さえ乗り切れば、十五歳で王立学院に入学するまで戻ってこない」

「よかった。だったら安心ね」

「夏が終わるまでは気を抜けないけれどね」

とにかく重要なのは、この夏なのだ。

「お父様にお願いして、避暑地に行かせてもらうわ」

父の悪行のせいで、奴隷商人に売り払われる未来が生まれてしまったのだ。

このぐらいのわがままなんて安いものだろう。

「スティードはどうするの？」

「もちろん僕も一緒だよ。傍にいてナイトの役目を務めさせてくれ」

「私はひとりでも十分、破滅の運命を撃退できるわよ。そのために一年間、がんばってきたんだから」

「でもクロエが運命を撃退したとき、それを自慢できる相手がいたほうがよくない？」

「まあ、そうね」

確かにひとりで行くよりも、遊び相手のスティードがいたほうが楽しい。

せっかくの避暑地なのだ。

さっさと破滅を回避して、普段できないようなイタズラをしたい。

もちろん夏が終わるまで気を張っているつもりではいる。

でも川を使った悪事をひらめいたから、それを実践するくらいなら許されるだろう。

「出発が待ち遠しくなってきちゃったわ」

夏の終わりまで注意深くいられるのか怪しいクロエが、イタズラを妄想してニヤニヤしていると、
不意にスティードの顔が翳った。

「本音を言えば、君には留守番をしていてほしいんだけどね」

「え？　どうして？」

「だって心配だから」

スティードはそっとクロエの手を取った。

「君はとっても魅力的だし、オリバーまで君に恋をしたら嫌だな」

「もうスティード。そういう話、好きじゃないわ」

「うん、知ってる。でもこうやってしつこく言葉にし続けないと、君は僕が婚約者だってことも、
僕が君に恋してることもすぐ忘れちゃうだろう？」

図星だったので、言い返す言葉が見つからない。

スティードは「ほら、やっぱり」と呟くと、恨みがましそうにクロエをじっと見つめてきた。

「こんなふうに平行線のまま、ライバルまで増えるなんて冗談じゃない」

そんなこと絶対起こりえないのにと、クロエは呆れ交じりのため息を零した。

（私みたいに悪人面した女を好きになるモノ好きなんて、スティードぐらいよ）

だいたいなんでそんなに好かれるのかも理解できない。

もしかしたらそのせいで、スティードの気持ちとまともに向き合えないのかもしれなかった。

本当にスティードの抱いているのは、恋心なのだろうか。

思い込んでいるだけかもしれない。

でもスティード自身はそうは思っていないようだ。

目を細めて真剣にクロエを見つめてくる眼差しには、隠しきれない情熱が浮かんでいた。

それがますますクロエをむず痒(がゆ)くさせた。

「まあ、どんな男が現れたって引き下がったりしないけどね。君を一番愛しているのは僕だ。誰かに奪わせるつもりはない。それを覚えていて、僕の愛(いと)しい婚約者」

スティードはそう言って、クロエの手の甲に優しくキスをした。

いつもの挨拶(あいさつ)めかしたキスではない。

恭しく真心の込められた丁寧な口づけだ。

クロエは「うわあっ」と淑女らしからぬ悲鳴をあげて、慌てて手を引っこめた。

「勝手にキスするのはなしよ！」

「じゃあ今度からはちゃんと触れる前に一言伝えるよ」

そういう問題じゃない。

クロエが拳を握りしめて反論すると、スティードは明るい笑い声をたてたのだった。

四章　不思議な男の子との出会い

（1）

公爵家の所有する馬車が、避暑のため東に向かって出発してから数時間。

一家は、広大な自然林と牧歌的な田園風景に囲まれた避暑地プラムに辿り着いた。

景観の変化とともに、窓の外から吹き込んでくる風の匂いも変わる。

濃厚な緑の匂いと、田園地帯らしい土の香り。

日常を離れたことで、クロエの心は自然と浮き足立った。

プラムには、都会では見られない面白いものがたくさんある。

廃墟（はいきょ）となった古城、睡蓮（すいれん）の生い茂る湖、滝の裏側の洞窟（どうくつ）。

きっと素敵な休暇になるはずだと、クロエは確信めいた感情を覚えていた。

公爵家の敷地内に入ったあとも、私道はしばらく続く。

不意に蹄（ひづめ）の音が変わった。

舗装された道に入ったのだ。

そう気づいて間もなく、馬車は止まった。

カントリーハウスの管理を任されている使用人たちは、いつもどおり、屋敷の前にずらりと並んでいて、一家を出迎えた。

数日前、突然滞在を知らされた彼らは、きっとてんてこ舞いで準備をしたことだろう。

父である公爵は、快活な声で、ねぎらいの言葉をかけながら邸内に入っていった。

ひらりと馬車を降りたクロエは、そのまま足を止めた。

せっかくいい天気なのだし、このまま邸の中で過ごすのは退屈だ。

クロエは父のあとに続こうとする母を呼び止め、散歩をしてきたいと伝えた。

「あなた、またイタズラをするつもりじゃないの？　もう子供ではないのよ。ちゃんと淑女らしく振る舞ってちょうだい」

「お母様ったら、ここは避暑地よ。うるさいことを言ってないで、リラックスなさったらどう？」

「まあ、クロエ！」

クロエそっくりのきつそうな瞳が、怒りのあまりさらに吊り上がる。

これ以上留(とど)まっていると、お小言の嵐が巻き起こりそうだ。

「クロエ！　どこへ行くの、走っては駄目よ！」

「淑女の特訓をしてくるの！　いってきます」

「淑女の特訓!?」

クロエは逃げ出すように、カントリーハウスのエントランスを飛び出した。

私道に沿って植えられたダリアは、太陽の光を浴びて優雅に咲き誇っている。

なんて美しいのだろう。

門を出て、馬車で来た道とは逆の方向へ進んでいくと、雑木林が現れる。

夏の陽射しを遮る木漏れ日と、さわやかな森の風が、避暑地らしい涼しさを作り出していた。

都会の公園を散策しているときとは違って、人の気配は一切しない。

代わりに自然がどこまでも饒舌(じょうぜつ)に囁きかけてきた。

鳥の鳴き声、木々のざわめき、蜜蜂(みつばち)の羽音、小川のせせらぎ。

クロエは白いサマードレスの裾をひるがえして、森の奥へと進んでいった。

足取りに迷いはない。

もう少し先に大きな湖がある。

そこを目指しているのだ。

この避暑地を訪れるのは二年ぶりだけれど、周辺の地図は記憶の中にちゃんと残っていた。

「一昨年(おととし)の夏と何も変わらないわね」

スーハースーハー。

深呼吸をして、すがすがしい空気を胸一杯に吸い込む。

(スティードもそろそろ着く頃かしら?)

ベルトワーズ公爵のカントリーハウスは、王家の別荘の近くにある。

クロエは、出発の前日にスティードと交わした会話を思い出した。

『僕が到着するまで、カントリーハウスでのんびりしていてね。湖でのイベントが起こるのは明日だし』

『ええっ。いやよ。退屈じゃない！』

『僕が着いたら連れ出すから。去年の夏、とっておきの場所を見つけたんだ。大切な君と、ふたりっきりで過ごしたいな。誰にも邪魔されずにね』

『え？　ふたりっきり？　そんな素敵な場所なら、みんなにも教えてあげましょうよ！　素敵なものを独り占めするような小悪党には、絶対なりたくないもの』

『ひどいな。僕の誘いをあっさり躱すなんて。――ねえ、クロエ。分け隔てがないのは君の美徳だけど、ヒロインにだけは注意してね。関わると、必ずクロエは不幸になる。できればクロエには、ヒロインと一切接点を持って欲しくないんだよ』

ヒロインの話題が出るとき、スティードの目つきはいつも少し鋭くなる。

ゲームの展開次第では、彼女を好きになるかもしれないのに。

現在のスティードからは、そんな未来はまったく想像がつかなかった。

「とにかくヒロインとは極力関わらない人生を目指せばいいのよね。楽勝楽勝」

（あとはのんびりしていればいいわけでしょ。任せてスティード。余計なことはしないから！）

クロエは自信満々な顔で、王家の別荘のほうを見ながら頷いてみせた。

（余計なことはせず、いつもどおり悪行に励むとするわ！）

軽快な足取りで森の中を散策して回ったクロエは、下見も兼ねて、イベントの発生する湖に寄ってみることにした。

湖は小径に沿って森を進んだ先にあり、多くの貴族たちで賑わっていた。

クロエの知っている顔もいくつかある。

避暑地に集まる貴族たちは、皆、この美しい湖を愛しているのだ。

広々とした湖の東側には睡蓮が生い茂り、キャンバスを広げた人々がスケッチを楽しんでいた。

西側には小さなボートハウスがあり、そこから貸し出されたボートが何隻も湖の上を漂っている。

夏の午後は時の流れが遅くなる。

ボートの縁にもたれかかり、気だるげに水をなでているレディー。

頬杖をついて彼女を見つめる恋人も、あくびをかみ殺している。

幸福で退屈な時間が、湖を覆い尽くしていた。

クロエは湖畔にそって歩きながら、この空気をイタズラによって壊してしまったらどんなに楽しいだろうと妄想した。

（鮫のヒレでも作ってこようかしら？）

それを見つけた人々はきっとパニックになるだろう。

（ふふふ、想像しただけで口元がにやけるわ！）
問題は水がかなり澄んでいることだ。
（作りものだとバレないように、ヒレをこっそり動かす方法を考えなくちゃ）
閃きを求めて黙々と歩いていたとき、クロエは気になる人影を見つけた。
浅瀬で遊ぶ子供たちに紛れて、ひとりの少年が屈み込んでいる。
少年は白い夏帽子を目深にかぶっていた。
年齢はおそらくクロエと同じぐらい。
ベストと短パンは上等な素材で、貴族の子供だと一目でわかる。
湖に両腕を突っ込んでいるから、最初は彼が水遊びをしているのかと思った。
でもどうもおかしい。
（周囲の様子をすごく気にしているわよね？）
それにコソコソした態度が不審だ。
バカンスを楽しむ人々は、遊びに夢中で気づいていないようだ。
けれどクロエの目だけは誤魔化せなかった。
（ははーん。あの子って！）
閃いた瞬間、絶対的な確信を抱いた。
だってあの挙動。

人があういう振る舞いをするのは、いかなる状況下に置かれたときか。

クロエはよーく知っていた。

（ふふ。せっかくだし声をかけてみましょう！）

あくどい笑みをかみ殺しつつ、クロエは少年に近づいていった。

（2）

同時刻。

避暑地プラムに遅れて到着したスティードは、その足で公爵家のカントリーハウスを訪れていた。

てっきり退屈を持て余してご機嫌斜めなクロエが、可愛い仏頂面で出迎えてくれると思っていたのに、残念ながらその予想は裏切られた。

「えっ。クロエは出かけてしまったんですか？」

「はい。お嬢様が森に向かうのを庭師が見たようです」

対応したメイドの言葉に思わず表情を曇らせる。

ヒロインのいる避暑地に着いて早々、ひとりで出歩くなんて。

「ふっ。まあそりゃそうだろ。アイツがおとなしくしてるわけがない」

一緒についてきたロランドが、そんなこともわからなかったのかと言いたげな眼差しを向けてくる。内心ムッとした。

（もちろん僕だって、クロエの性分はよくわかってる。だから釘を刺しておいたんじゃないか）

それなのに彼女は、スティードの到着を待たずに出かけていってしまった。

イベントが発生するのは明日だと言っても、この避暑地にはすでにヒロインもオリバーもやってきているのだ。

万が一、ふたりのどちらかとクロエが偶然鉢合わせしてしまったら？

できるだけ接点を持って欲しくないと伝えてしまったことが、悪い方向でフラグになるような気がしてならない。

（考えすぎなのはわかっているけれど……）

複雑な気持ちを抱えたまま、スティードは視線を森のほうへ向けた。

「クロエは確かに森に行ったのですね？」

侍女に尋ねると、隣から呆れ交じりのため息が聞こえてきた。

「おい、まさか捜しに行く気かよ」

「もちろん。クロエに何かあってからでは遅いからね」

「おまえバカか？　この広大な森の中で、どうやって見つけるんだよ。行き違いになるのがオチだ」

「あのね、君はそう言うけど！」

正論を投げつけられ、スティードは焦燥に似た苛立ちを覚えた。

ロランドは、クロエがどんな運命を辿るか知らないからそんなことが言えるのだ。

「……いや。なんでもない」

「なんだよ。言いたいことでもあんのかよ」

「いいや。別にないよ」

スティードは力なく首を振った。

ゲームのことをロランドに話すわけにはいかないし、彼に対して苛立っている場合でもない。

今、どうするべきかを考えなければ。

今日、ヒロインとオリバーのいる場所であれば見当がつく。

そこで待ち構えるべきか？

（それは得策とは言えないな）

イベントに関係なく、むやみに彼らと接触を持つのはよくない。

その後の展開に悪い影響を及ぼしてしまったら最悪だ。

「おい、スティード。まだ納得がいってないみたいだな。冷静に考えればわかりそうなもんなのに。

闇雲に捜し回るより、ここで待たせてもらえよ」

クロエが危険に晒（さら）されるかもしれないのに、ただ待っているだけなんて耐えられない。

それなのにロランドの言うとおり、今は何もしないでいるのが最も正しい選択だと思えた。

「なあ、兄弟。アンタは意外と激情家だよな。クロエが絡んだとき限定だけど」

こっちの気も知らないロランドが面白そうに口元を歪(ゆが)める。

スティードは複雑な気持ちで、義理の兄弟を睨みつけた。

「意外でもなんでもないさ。僕はいつだって情熱的にクロエを想ってるよ」

クロエが出かけていったという森を見つめながら、小さくため息を吐く。

どうか何事もありませんようにと祈りながら――。

◇◇◇

同じ頃――。

スティードの心配なんてまったく知らないクロエは、水辺で出会った少年に興味を抱いてワクワクしていた。

「ねえ、何しているの？」

「うわ!?」

後ろから声をかけたら、少年が驚きの声を上げた。

「人目を気にしながらコソコソ作業していたでしょ？　それを見て、ピンときちゃったの。あなたもイタズラ好きなのよね？」

「え!?　イタズラ……？」

同志に対する親しみを感じつつ、少年の手元を覗き込む。

いったいどんなイタズラを企てていたのか、お手並み拝見だ。

「わ!?　なにそれ!?」

少年が握っていたのは、今まで見たこともない小さなシャベルだった。

しかもよく観察すると、普通のシャベルと違って、先端が鍬（くわ）のように三股に分かれている。

この道具ならシャベルよりも効率よく、土を掘れるだろう。

「こんな道具初めて見たわ」

「あ、えっと、これは手作りなので……」

「え!?　あなたが作ったの!?」

「は、はい」

「すごいわっ！」

興奮気味にそう叫ぶと、少年は目を丸くして瞬（まばた）きを繰り返した。

なぜ褒められているのか、わかっていないらしい。

クロエも一応、イタズラの道具を作ったりはするものの、出来はお世辞にもいいとは言えなかった。

「あなた、手先が器用なのね！　それにとっても工夫が上手！」

クロエだって負けてはいられない。

一流の悪役令嬢になるためにも、少年のように試行錯誤を重ねなければ。

「あなたといると、いい刺激になりそうだわ！」

是非とも彼といたずらの案に関して、情報交換をしていきたい。

「私はクロエよ。この夏はずっとプラムにいるから、仲よくしてちょうだいね」

クロエが手を差し出すと、少年は大きな瞳を何度も瞬かせた。

「それってつまり、友達になってくれるってこと……？」

恐る恐るというふうな調子で尋ねてくる。

「ふふっ！　どうしてそんなに遠慮がちなの？　お友達になって欲しいのは私のほうなのに」

「それはあの、今までお友達がひとりもいなかったので……」

「お友達は作らない主義？　それなら強要はしないわよ。お友達じゃなくて、好敵手っていう関係も悪くな――」

「いえっ！　お友達欲しいですっ！　是非、なってくださいっ！」

遮るように言い返されて、今度はクロエのほうが驚いた。

少年自身も自分の行動にびっくりしたらしく、直前までの勢いはどこへやら、露骨にオロオロしはじめた。

その頬は恥ずかしさから、真っ赤に染まっている。

「ぷっ、あはは！　あなた耳まで真っ赤よ？」

指摘すると少年が慌てて両耳を押さえた。

素直な態度が憎めない。

少年に対して好感を抱いたクロエは、もう一度改めて手のひらを差し出した。

でも今度は彼が握り返してくるまで待っていない。

さっさとその手を摑んで、きゅっと力を込め、握手を交わす。

「あ！　でも……」

「どうしたの？」

「実は、イタズラの計画を練っていたんじゃなくて、なくしたものを捜してただけなんです。仲間じゃなくてごめんなさい。……これじゃあ友達にはなれないかな。勘違いさせて、ごめんね……」

申し訳なさそうに繰り返し謝る少年の肩は、すっかり下がっている。

（やだ、私、誤解して先走っちゃったのね!?）

その結果、少年を傷つけてしまったようだ。

「私こそ、ごめんなさい。それにあなたさえよければ、やっぱりお友達になって欲しいわ」

「……！　本当？」

「ええ！」

この素直な少年のことを、クロエはすっかり気に入っていた。

もちろん彼の手に握られた素晴らしい手作りシャベルも含めて。

「これで私たちはお友達よ」

「わあ！　ありがとうございます！」

「お友達なんだから敬語はなしよ」

「はい！　じゃなくて、うん！」

少年は、喜びを噛みしめるように俯いて、ふるふると肩を震わせた。

「本当にうれしいな。ありがとう！　友達にずっと憧れていたから」

「そうなの？」

「うん。だからあなたはとっても特別な存在だよ！」

無邪気にそう言うから面食らってしまった。

クロエだって友達と呼べる存在は多くない。

（私の友達って、スティードとロランドぐらいだもの）

それでも平気だったので、友達という存在に憧れる少年のことを不思議に感じた。

（ふたりとゼロ人じゃ全然違うものなのかしら？）

「友達ができただけで、こんなにうれしくて幸せな気持ちになれるんだね！」

「幸せって……。それは言いすぎじゃない？」

「ううん、そんなことないよ！　とっても幸せ！」

むず痒いような感覚を覚えたクロエは、咳払いをして話題を強引に変えた。

「それよりなくしもの、まだ見つかってないんでしょ？　捜すの手伝ってあげるわ」

「え！　いいの……？」

「ええ。今日はすることもないし。何をなくしたの？」

「あ、えっと……母からもらったサファイヤのペンダントを。これくらいの大きさなんだけど……」

（ん？　ペンダントをなくしたって……）

クロエの脳裏に、スティードの言葉が蘇る。

『ヒロインは、プラムのどこかで母親から譲り受けたペンダントを落としてしまってね。オリバーはペンダント捜しの手伝いを買って出る』

ハッとなって固まる。

スティードの言っていたヒロインと、目の前の少年はまったく同じ捜し物をしているのだ。

ヒロインの落とし物を捜している少年ということは――。

（まさかこの子がオリバーなの!?）

だけどオリバーがヒロインの捜し物に協力するのは、明日からのはずだ。

（スティードが日にちを一日間違えたの？　それにしても……）

目の前にいる少年をまじまじと眺める。

『オリバーは女たらしで皮肉屋。おまけに破滅主義の危険な人物だ。表面上は愛想よくしていても、裏ではとんでもなくひどいことを考えているから、とにかく気をつけて』

スティードはオリバーのことをそう説明したけれど、この子は純朴そうで、そんなタイプには到底見えない。

（どうなっているのかしら）

クロエは混乱したまま、ごくりと息を呑んだ。

「ねえ、あなた、名前は？」

ドキドキしながらそう問いかけると――。

（3）

「僕はマリオン。よろしくね、クロエ」

目の前の少年はそう言って、にこっと微笑んだ。

クロエはその笑顔に、同じ親しみを返すことができなかった。

マリオンという名前。

それはスティードが教えてくれたヒロインの名だったから。

（やっぱりこの子がヒロインなんだわ）

動揺しつつ、マリオンに詰め寄る。

「ねえ、なんで男の子の格好をしているの!?　マリオンは女の子よね!?」

混乱して思わずそう叫ぶと、突然、マリオンの態度が変わった。

「どうして……女の子って……」

じりっと半歩後退る仕草から、彼女の怯えが伝わってくる。

ほんの一瞬前まで、あんなにうれしそうな笑顔を向けてくれたのに。

今はまるでこちらを恐れているみたいだ。

「……君、僕のことを知ってるの？」

今度はクロエがぎくりとする番だった。

それを本人に教えていいのだろうか。

マリオンのことを知っていると言ったら、なぜという話になる。

ゲームの話はまさか教えられないし、どうしたものか。

そもそも目の前の相手は、クロエの思っているマリオンなのだろうか。

性別が女の子なら、この子がヒロインなんだろうけれど……。

このままじゃわけがわからないから、もうストレートに聞いてしまおう。

「マリオン。さっきの質問だけど、どうしても答えて欲しいの。あなたは女の子ってことでいい？」

「……っ!?」

「なにかわけがあって男装してるのよね？」

「ち、違いますっ！　僕は男ですっ！」

「本当に？　声も高いし、顔付きだって可愛らしくて女性的よね」

少年だと信じ込んでいた事実は棚に上げて追及すると、マリオンはますます慌てた。

「だけど僕、木登りとか大好きだし！」

「私も好きよ。楽しいもの」

「女の子っぽいフリフリのドレスとか嫌いだよ!?」

「わからなくもないわ。動きにくかったりするものね。でもなんでフリフリが嫌いだと男の子ってことになるの？」

「えっ」

「木登りが好きな女の子だっているだろうし、フリフリが好きな男の子だっていてもいいでしょ。個人の好みに性別なんて関係ないもの。それだけで性別を判断するなんて不可能だわ」

ぬいぐるみが好きな男の子がいたっていいし、可愛らしいものを嫌う女の子がいてもいい。

クロエがきっぱりとした口調でそう言うと、マリオンは目を真ん丸にした。

「本当にそう思う？　女の子が木登りを好きでもおかしくないって」

「女の子だったら木登りが嫌いじゃないといけないの？　そんなのって変よ」

「そっか……。そんなふうに言ってくれたのはクロエが初めて……」

マリオンは胸に手を当ててると、まるでクロエの言葉を噛みしめるかのように瞳を伏せた。

何かがマリオンの心の琴線に触れたのだろうか。

クロエがじっと見つめていると、それに気づいたマリオンが、ハッとしたように息を呑んだ。

「でも僕は！　お、おお男なのでっ」

（む。結局またふりだしに戻っちゃったわ）

かなり怪しいのに、マリオンはまだ抵抗するつもりらしい。

「仕方ないわね」

この子がゲームのヒロイン『マリオン』なのか、はっきりさせなくてはいけない。

そのためには、どうしても性別を知る必要がある。

「ちょっと失礼」

「へ？」

断りを入れてからさっと手を伸ばす。

そのままクロエは、隙だらけのマリオンから、目深にかぶっていた帽子を奪い取った。

「わあっ!?」

帽子の中からふわっと零れ落ちたのは、栗色の長い髪の毛だった。

「やっぱり！」

「わ、わわわ、あわわ!!」

「いきなりごめんなさいね。あなたの性別を、どうしても知りたかったのよ」

マリオンは帽子をクロエから取り返すと、もどかしげな顔でクロエを見上げてきた。

不意をつかれたせいで、ちょっと悔しそうだ。

でも、とにかくこれでもう言い逃れはできない。

「やっぱりあなたは女の子だったのね」

ただ女の子だと証明できた結果、まずいことになった。

今、目の前にいる彼女は、やっぱりゲームのヒロイン、マリオンなのだ。

(これって結構、際どい状況かもしれないわ)

あれだけスティードに気をつけるよう言われたのに、接触を持ってしまった。

しかも数分前、友達になったばかり。

(でもこの子が本当に私を破滅させるの？　全然そんなふうに思えないのに)

内心で冷や汗をかきながらマリオンを見ると、彼女の揺れる瞳と目が合った。

「クロエも頼まれて私を捜しに来たの？　このまま私をザック・ニールさんのところへ連れていくつもりだったの……？」

マリオンも諦めて女の子と認めたらしく、一人称が僕から私に変わっている。

ただ引っかかるのは、怯えたような彼女の眼差しだ。

(ザック・ニール？　聞いたことないわね。その人がどうしたのかしら)

クロエは、マリオンと接触してしまった件を一旦脇に置いておくことにして、彼女の抱えているであろう問題について尋ねてみようと思った。

「ねえ、頼まれてってどういう意味？　ザック・ニールが誰なのか、教えてちょうだい」

「……！　ザック・ニールさんを知らないなら、クロエは無関係ってこと？」

「よくわからないけど、ザック・ニールなんて知り合いいないわ」

ただでさえ動揺していたマリオンの顔に、今度は焦りの色が広がっていった。

「そうだったの!?　ご、ごめんなさいっ。私、勘違いしちゃったみたい」

「謝らなくていいわ。それよりザック・ニールって誰なの？」

「えっと、彼はその……」

マリオンは少しの間、もごもごと口ごもったあと、意を決したように顔を上げた。

「恥ずかしいけれど、お友達だし、ちゃんと説明します！　実は――。……待って。今、誰かに呼ばれた気がする」

小動物のような印象を与えるマリオンの目が、周囲をきょろきょろと窺う。

「――マリオン？　マリオン、いるかーい？」

今度はクロエにも確かに聞こえた。

マリオンと同じように、声のした先を探して視線を彷徨(さまよ)わせる。

湖の向こう岸、少年が口元に手を当ててマリオンの名を繰り返しているのが見えた。

「ど、どうしよう。彼がザック・ニールさんかも！」

「マリオン、その人の外見知らないの？」

こくこくと頷き返される。

「なんだかよくわからないけど、ザック・ニールに見つかりたくないのよね!?」

さっきよりも強く首が振られた。

もしかしたら男装していたのも、ザック・ニールから身を隠すためなのかもしれない。

(ああ、なんてこと！　私ったら帽子を奪い取っちゃったわ！)

マリオンは急いで長い髪を帽子の中にしまおうとしているけれど、焦っているせいで上手くいかない。

対岸の少年のほうは、マリオンの外見を把握しているのだろうか。

(とにかくマリオンを隠してあげなくちゃ！)

(4)

今の状況については、当然まったく理解できていない。

そのうえマリオンはゲームのヒロインだ。

(深入りしたら、とんでもないことになるかも)

それでも怯えている友達を放ってなんておけなかった。

(だって、どんな物語でも保身に走る悪役は、見苦しい形で身を滅ぼすものだわ)

だから自分の選択は正しいはずだと言い聞かせて、クロエはマリオンの手を掴んだ。

「マリオン、来て！　ここに隠れるの！」

森の入口にある紫陽花を指さす。

マリオンは、助けてくれるのとかいうように眼差しで問いかけてきた。

「もう、早く！」

少し強引にマリオンの腕を引っ張って、紫陽花の茂みの中へ彼女の体を押し込む。

「そこで静かにしてるのよ」

小声でそう伝えてから、クロエはサッと視線を動かした。

マリオンを捜している少年の様子を窺うと——。

（うそ。こっちを見てる！）

偶然だと思いたい。

しかし少年は、こちらに意識を向けたまま、湖のほとりを歩きはじめた。

（どうして近づいてくるのよ！）

紫陽花の茂みの向こうには、マリオンが隠れているのに。

（焦っちゃだめよ、クロエ。なんとか誤魔化してみせるの！）

クロエは勢いよく茂みの前にしゃがみ込むと、マリオンが残していったシャベルを握って、意味もなく土いじりをはじめた。

背後から足音が近づいてくる。

もうこうなったら腹を括るしかない。

焦りまくっている心の内を、すまし顔の下に隠して、クロエは臨戦態勢の中、敵の攻撃を待ち構えた。

「やあ、レディ。こんにちは」

耳に届いた声は、砂糖菓子のように甘ったるかった。

なぜなのか、項の辺りがゾクッとなる。

警戒心を抱いたまま、ゆっくり振り返る。

「どうも」

警戒しているせいで、いつも以上につっけんどんな物言いになってしまった。

鏡がなくてもわかる。

今、自分はものすごく意地悪そうな顔をしていると。

しかし対峙した少年はまったく動じず、端整な顔に、声と同じぐらい甘い微笑を浮かべて佇んでいた。

癖のあるハニーブロンドの髪、垂れた眦、背が高くても威圧感がないのは、線の細さゆえだろう。

控えめにレースがあしらわれたブラウスと、柔らかい色彩で統一されたベストは、王都で流行している最先端のファッションだ。

あどけない顔立ちから判断して、多分、彼もクロエやマリオンと同い年ぐらいのはずだ。

でもクロエは、こんな十三歳と出会ったことがない。

少年は、雰囲気まで徹底して甘く、そこには子供らしさの欠片(かけら)も感じられなかった。

(うっ。なんなのかしら、この感じ。すごく居心地が悪いっ)

彼と対峙しているとゾワゾワして、思わず逃げ出したくなってしまう。

茂みの裏に隠れたマリオンを守るという任務がなければ、間違いなく立ち去っていたはずだ。

クロエが手にしたシャベルを武器のように握りしめると、少年は目を丸くしたあと、クスッと笑い声をこぼした。

「こーんなに愛想よく挨拶したのに、警戒することないだろう？　まあ、でも、そういうのも燃えるかな。──ねえ、レディ」

少年の目が、何かを探るようにすがめられる。

きっとマリオンのことを尋ねるつもりだ。

そう察して、体を固くさせたクロエに向かい、少年は信じられない言葉を口にした。

「俺たちが今こうやって出会えたことに運命を感じない？」

「は!?　運命ですって!?」

「君みたいに素敵なレディとの出会いを、偶然という言葉で片づけてしまうなんて、俺にはとてもできないよ」

「何言ってるのよっ!?」

クロエが慌てるほど、少年は面白がる。

「わかるだろう？　口説いているんだよ。運命のレディ」

「なっ」

彼は当然の流れだとでも言いたげな態度で、距離を縮めてきた。

まるでスティードのように。

でもいくらスティードだって、ここまで意味不明な唐突さで近寄ってきたりはしない。

「ちょっ、ちょっと！　近づかないでちょうだい！」

「どうして？　俺は君ともっとお近づきになりたいんだ。その心の中に俺の居場所をもらってもいいかい？」

「いいわけな……っ」

「積極的な男は嫌い？　慎ましやかなほうが好みなのかな。それならお望みに合わせて、紳士的に振る舞ってもいい。君のためなら、俺はいくらだって変われるよ」

甘い微笑みが、より一層深くなる。

目を細めてクロエを見つめる眼差しには、艶やかな色気が滲んでいた。

何もかもを知っている大人みたいな瞳に射貫かれ、クロエは完全に彼の世界に飲み込まれてしまった。

いつもの強気な態度で言い返すことができない。

ただの意地悪な言葉なら、いくらでもやり合えるのに。

運命だのという発言を真に受けたわけではないが、とにかく思考が追いつかなかった。

少年のほうが一枚も二枚も上手なのだ。

初心(うぶ)なクロエは、こういうときの対処法をまったく知らない。

相手のペースに委(ゆだ)ねることが、どれだけ危ういかも。

動揺していることを隠す余裕もなく後退ると、スカート越しに紫陽花の茂みの感触を感じた。

逃げ道はもうない。

少年は腰に手を当てると、クロエの顔を覗き込んできた。

そして吐息がかかりそうなほど近い距離で、真っ赤な頬をしたクロエに向かい、こう囁いた――。

（５）

「教えてくれないか。マリオンという女の子について。君が知っていることをすべて」

「……っ」

不意をつかれて息を呑む。

そんなクロエを見て、少年は満足げに瞳を細めた。

「ふふっ。やっぱり。君に目をつけて正解だった。一人だけ雰囲気が違ったから、あれって思ったんだ。マリオンを捜す俺を見て、やけに警戒していただろう?」

「わ、私……」

どうしてとっさに嘘をつかなかったのか。

いいや、違う。

つかなかったのではなく、つけなかったのだ。

少年に追い詰められ、気が回らなくなっていたから……。

(もう、なんてことなの! 私のバカ! 今からでも誤魔化さなくちゃ!)

クロエは必死に視線を彷徨わせて、その場しのぎの言葉を探した。

「ま、マリオンって誰かしら? 私、そんな子、知らな――」

「ハハハ。誤魔化そうとしても無駄だよ。もう手遅れだ。君がとっさにとってしまった態度、それが真実を物語っていたからね。やっぱり君を追い詰めておいて正解だった」

「追い詰めておいてって……ああっ!?」

そこで初めて、クロエは気づかされた。

どうやらすべて計算のうちだったのだ。

甘い雰囲気をクロエが苦手だと気づいた直後、瞬時に計画を練ったのだろう。

わざと動揺するような言動を繰り返し、クロエを追い詰め、思考力を奪った。

そしていよいよ嘘をついたり、誤魔化しの言葉を並べ立てられる余裕をなくしたと感じた段階で、マリオンの居所を尋ねてきたというわけだ。

（ありえない！）

まんまと少年の思惑どおり動いてしまった自分。

平然と人を罠に嵌めた少年。

どちらに対しても無性に腹が立つ。

おなかの奥のほうからメラメラと沸き上がってきた怒りが、ぶわっと顔を熱くさせた。

さっきまで感じていた羞恥心が、怒りのあまり、どこかへ消えていく。

おかげでクロエは、間近から少年を睨み返すことができた。

「そんな怖い顔で睨まないでくれ。本気で口説かれたって思ってしまったかい？　もしそうなら、君の頭はお花畑すぎるね。ああ、でも大丈夫。期待してくれたなら、ちゃんと責任を取ってあげるよ」

「あなたって、なんて嫌なやつなの!?」

期待なんかしていない。

そう言って睨みつけても、少年にはまったく響いていなかった。

今もずっと笑顔を張り付けたまま。

クロエにはだんだんそれが、悪魔の微笑みに見えてきた。

「ひどいなあ。でもそれって俺にとっては褒め言葉かも。女の子に『いい人ね』なんて言われたら、ヘドが出るからね」

表情は変わらないのに、少しだけ彼の声が低くなった。

（どういうこと？）

まるで女子全般を憎んでいるような言い草だ。

「まあ、俺の話はどうでもいい。さあ、マリオンのことを教えてくれないか」

クロエはぐっと唇を噛んで、少年のことを睨みつけると、必死に考えを巡らせた。

（知らないと言い張るべき？）

でも、もう彼は確信を持っている。

嘘を吐くなら、信じられる嘘を選ばなければいけない。

クロエがマリオンを隠していると勘ぐられ、背後の茂みを捜されたら一巻の終わりなのだから。

この少年はマリオンの容姿を知らないらしい。

それでも、茂みの中に潜んでいる少女を見つけたら、彼女がマリオンだと気づくに決まっている。

「どうしてマリオンを捜しているの。百歩譲って私がマリオンを知っているとしましょう。でもあなたみたいに怪しい男の子に居場所を教えると思う？」

「俺が彼女を捜しているのは、至極まっとうな理由からだよ。というか君、マリオンを庇っているようだけれど、彼女が捜されている理由を聞いていないのかい？」

「……」

その話をする前に、あなたという邪魔が入ったのだと言い返してやりたい。

「なるほど。聞いていないんだ。それじゃあ俺の口からペラペラ話さないほうがいいかな」

「お好きにどうぞ」

（もったいぶった言い方をして、やっぱりこの男の子、不審だわ！）

こんな相手にマリオンを引き渡すわけにはいかない。

クロエは改めて、そう決意した。

いったいどんな嘘なら、彼を上手く追い払えるだろう。

（マリオンはここにはいないと言ってみる？　ううん、だめね。だったらどうしてビクビクしていたのかって話になるわ）

しかし、次の瞬間、クロエはハッと閃いた。

（彼はマリオンを見たことがないのよね。だったら……）

かなり無茶苦茶な案だ。

その場しのぎもいいところ。

だけどやってみる価値はある。

クロエが意を決して顔を上げると、少年がふわっと微笑んで小首をかしげた。

「やっと教えてくれる気になった？」

「ええ。そうね。腹を括ったわ」

「それはよかった。じゃあさっそく教えてくれ。マリオンという女の子はどこにいるんだい？」

クロエは唇に挑戦的な笑みを浮かべると、両手を腰に当ててふんぞり返ってみせた。

「ここにいるじゃない。私がマリオンよ！」

（6）

「……君がマリオンだって？」

少年は虚をつかれたように、ポカンと口を開けた。

おかげで、今までずっと向けられ続けていたあの『悪魔の微笑み』も完全に消え失せた。

クロエは少し溜飲が下がるのを感じながら、ふふんと顎を上げた。

（私だってやられてばかりじゃないのよ）

もちろん今の嘘くらいで、言いくるめられたとは思っていない。

なにせクロエは、どうしてマリオンが追い回されているのか知らなかったうえ、少年にその理由を尋ねてしまった。

（マリオンのふりをすることになるとわかっていたら、あんなヘマはしなかったのに）

後悔しても、残念ながら遅い。

多分、少年もその部分を指摘してくるだろう。

彼は確実に目ざといタイプだ。

なんて思った矢先――。

案の定、少年は気を取り直したようにクスクス笑いはじめた。

「ハハハ。ずいぶん突拍子もないことを言い出したね。さすがに不意をつかれたよ。君がマリオンだって？」

「そうよ」

「まったく、君って可愛いな。そんな嘘までついて俺の気を引きたいのかい？　確かに君の思惑どおり、君への興味は増すばかりだ」

クロエは露骨に顔を顰めて、鼻を鳴らした。

（そういう類の言葉には、もう二度と動じるものですか）

「私があなたの気を引きたいですって？　笑わせないでちょうだい。それに嘘なんてついてないわ」

「君が本当にマリオンなら、俺に追われているわけを知らないのは不自然だ」

少年が腹の内を探るように、じっと見つめてくる。

（ふん。そんなちょこざい攻撃ぐらいじゃ、もう怯まないわよ！）

雑な嘘と、勢い任せの言い訳で乗り切る。

そう開き直った今、恐れるものなど何もない。

「どこが不自然なの？　言っておくけど、あのときは敢えて知らないふりをしただけよ。だって、マリオンって存在自体を知らないことにしたかったんだから。ね、何も矛盾してないでしょ」

「ふうん。そう来たか。じゃあ君がマリオンであることを証明するため、どうして俺に追われているのか理由を言ってみてくれ」

「なんであなたに試されなきゃいけないの？　私は真実を打ち明けた。そこからさらに、自分がマリオンである根拠を、わざわざ証明させられるなんて気分が悪いわ」

「それじゃあ信じようがない」

「なら信じなければいいじゃない。私は別に構わないわよ」

腕を組んだクロエは「私、何か間違ったこと言っていますか？」という顔で、あらぬほうに視線を向けた。

このまま少年が、うんざりして話を切り上げてくれたなら……。

そう願いつつ、感じの悪い態度を続ける。

ところがクロエの期待に反して、少年はキリのないやりとりを楽しむかのようにニコニコしはじめた。

（うわ。そうだった。この子、かなりの性悪だったんだ）

相手をうんざりさせるつもりが、こちらがうんざりさせられている。

その事実にがっかりしつつ、クロエが次の手を考えるべきか思案をはじめたとき――、少年が唐突に予想外の言葉を口にした。

「わかった。君はマリオンだって信じるよ」

「え……」

「ははは。なんでそんなに驚いているんだい？」

「だって……。おかしいじゃない。急に信じる気になったなんて」

「疑っていたほうがいい？」

「そういうわけじゃないけど」

「理由は単純だ。レディを相手に、しつこく言い合うのは紳士のする行為じゃないからね」

「すごく嘘くさいわよ」

「えー、君がそれを言うの？」

（やっぱり私の言い分を『嘘くさい』って思ってるんじゃない）

少年の考えていることがちっともわからない。

でも彼を追い払うためにも、今の流れに便乗しておいたほうがよさそうだ。

「悪いけど、そろそろ失礼するわ」

「せっかく捜していた君を見つけ出せたのに、今日はこれでお開き？」

「ええ、そう。私も暇じゃないの」

「送っていこうか？　離れがたいし、もっと君のことを知りたいんだ。道中きっと退屈させないよ」

冗談じゃない。

こっちは一刻も早く解放されたいのだ。

「結構よ。一人で歩きたい気分なの」

「それじゃあ今日は諦めて撤退するよ。君とこうやって知り合えただけでも、成果はあったしね。だけど代わりに明日の午後、君をお茶に誘わせてくれ。そのときに改めて話をしよう。俺たちにはその時間が必要だろう？」

「むっ」

明日の約束なんてしてもいいのだろうか？

彼が誰で、どうしてマリオンを追い回していたのか、情報を持たないクロエでは判断しようがない。

（まあ、ここで断ったら、また面倒なことになりそうだし）

「気が変わらなければ行くわ」

直前でキャンセルできるように、あくまで曖昧な回答を返すと、敵も敵で図々しい返事を寄越した。

「それじゃあ午後、迎えに行くよ。そうそう。今日みたいに逃げ出すのはなしだよ。君の母上は、『もう逃げ出されないよう、しっかり見張っておく』と俺に約束してくれたしね」

（マリオンの母親は、この子側についてるってこと？）

困惑しながら立ち去ろうとしたクロエは、少年の名前を聞いていないことを思い出した。

もしかしたら何かの役に立つかもしれない。

「ねえ、あなたの名前は？」

「ああ、そうか。名乗り忘れるなんて、どうかしていた。失礼、レディ。俺はザック・ニール。以後、お見知りおきを」

ザック・ニールと名乗った少年は、慇懃（いんぎん）な仕草でお辞儀をしてみせた。

（7）

ザック・ニールと別れ、彼が湖から立ち去るのをちゃんと見届けたあと。

クロエがアジサイの茂みの裏を覗くと――。

「マリオン!?」

思わず驚きの声を上げてしまった。

なぜなら、膝を抱えてうずくまっているマリオンが、ぽろぽろと大粒の涙を流していたからだ。

「いったいどうしたのよ!?」

かなり長い間、隠れていたから、足が痺（しび）れてしまったのだろうか？

クロエにも覚えがある。

確かにあれは涙が出るほど痛い。

ところがクロエの予想に反して、マリオンはすくっと立ち上がってみせた。

片足を不自然に宙に浮かせているわけでもない。

どうやら痺れとは関係ないようだ。

「ごめんなさい。私、うれしくて」

「え？」

「こんなふうに庇ってもらえたのは初めてだったから」

このくらいで、という言葉はなんとか呑み込んだ。

そういえばマリオンは、今までひとりも友達がいたことがないと言っていた。

クロエからしたら大したことのない一件でも、きっとマリオンにとっては、涙を流すほどうれしかったのだろう。

（初めての友達、ね）

初めての友達、初めて優しくしてくれた相手。

その人が教えてくれた心の触れ合い。

（確かに特別なことだわ）

スティードとの出会いを思い出せば、マリオンの気持ちもわからなくはなかった。

ただ、自分が誰かの感情をこんなにも揺り動かしたと思うと、妙な感じがする。

背中のあたりがムズ痒くなるような……。

多分、そう、気恥ずかしさのせいで。

「クロエ？　眉間に皺が寄ってる。もしかして怒った？」

「へ!?　ち、違うわよっ！」

照れ隠しから、ついつっけんどんな態度を取りそうになるが、グッと堪える。

こんなに喜んでくれたマリオンの思いを踏みにじりたくはない。

マリオンにハンカチを差し出し、涙を拭くよう伝えながら、クロエは密かに誓った。

（私もこの子を友達として、ちゃんと大切にしたいわ）

マリオンに他に友達がいないなら、なおのこと。

彼女が自分を破滅させるかもしれない存在なのは、もちろんわかっている。

それについてちゃんと考えたのかと言われたら、いいえと言わざるをえない。

（今日のことをスティードに話したら、間違いなくお説教されるわね）

クロエにベタ甘なスティードだけれど、ああ見えて意外と口うるさいところがあるのだ。

スティードの小言を想像すると気が滅入ってきたので、クロエはため息を吐いたあと、ささっと臭いものに蓋をしてしまった。

厄介な問題が起きても、最終的にはなんとかなると思ってしまうのがクロエの悪い癖だ。

そのことで、母からはしょっちゅう怒られていた。

目下のところ直すのは難しそうだ。

これから先その悪癖で死ぬほど困ったら、向き合う必要が生じるかもしれないけれど。

こればかりは性分の問題だし、いつまでもしつこく考えるなんて自分には向いていない。

(それに今は、マリオンとザック・ニールに関する問題のほうが差し迫っているしね)

ザック・ニール問題を優先させるほうが絶対に正しい。

そう信じて、クロエはさっさと気持ちを切り替えた。

「ねえ、マリオンはどうしてザック・ニールに捜されてたの？　私、自分がマリオンだって言っちゃった上、彼から明日の午後誘われちゃったんだけど、これってまずかったわよね？　あなたを庇おうと思って、逆に余計なことしちゃったわ。ごめんなさい」

「そんな！　謝らないで！　クロエのおかげで、私は見つからずに済んだもの。私のほうこそごめんなさい。クロエを巻き込んじゃって……」

「あら、それは気にしないで。私がしたくてやったことだから」

「クロエ……。あなたって本当にいい人ね！」

感動したマリオンが、勢いのまま、がばっと抱きついてきた。

「ええ!?　ちょ、ちょっとマリオン!?」

「私、あなたがくれた優しさを忘れない！　いつか必ず恩返しをするから！」

ぎゅうっとされ、頬をすり寄せられると、クロエの頬がぼぼぼと熱くなった。

こんな率直な友愛表現を受けることなんて初めてだ。

スティードとロランドは、さすがにここまでしてこない。

（これって、同性の友達だからこそ許される距離感だものね）

嫌ではないけれど、とにかく恥ずかしくてしょうがない。

「マリオン。えと、あなたが感動してくれたのはわかったから、そろそろ離してちょうだい」

マリオンは最後にもう一度ぎゅっとしたあと、クロエを解放してくれた。

（大人しい子かと思ったら、意外と情熱的なのね）

まだ頬が熱いのを隠すため、そっぽを向いて乱れた髪を整える。

「私もあなたみたいないい人になりたいな」

「む」

聞き捨てならなくて、顔を顰める。

二度もいい人と言われてしまった。

クロエが目指しているのは『悪人』であって、間違っても『いい人！』と言われるような存在じゃない。

「あのね、マリオン。どうせ私のことを褒めるのなら『悪人ね！』って言ってちょうだい」

「え？　あなたのどこが悪人なの？」

「……！」

「クロエは泣いてる私を宥めてくれたし、とっても優しい人よ」

マリオンがうれしそうに微笑む。

クロエは頭を鈍器で殴られたような衝撃を受けた。

なんということだろう。

『いい人』だけでなく、『優しい人』とまで言われてしまった。

（私もまだまだね……）

今すぐにでも印象を変えたいけれど、マリオンとは友達になったのだ。

これからいくらでも本当のクロエを知ってもらう機会はある。

（話を戻さなくちゃ）

「ザック・ニールについて、言える範囲で説明してくれない？」

「もちろん。恥ずかしい話だけど聞いてくれる……？」

頷き返すと、マリオンは気まずげに視線を彷徨わせたあと、意を決したように説明しはじめた。

マリオンの話は、クロエをかなり驚かせた。

なんと彼女は、ザック・ニールとの間に、婚約の話が持ち上がっているのだという。

マリオンの実家ベリー子爵家は、北に領土を持つ由緒正しき名門貴族だ。

けれど、家はかなりの財政難で、没落寸前らしい。

言われてみれば、そんなことをスティードが言っていた。

ヒロインは没落令嬢だと――。

かたやニール家は、爵位は持たないものの林業で財をなした大金持ちだ。

そのうえザックは、ニール家の嫡男だった。

マリオンの両親は、子爵家を建て直す唯一の糸口として、婚約をなんとしても成功させたがっていた。

ニール家にとっても、名家との繋がりをお金で得られるまたとないチャンスなのだろう。

マリオンの意思は確認されないまま、婚約の話はどんどん進んでいき、ついに顔見せの日がやってきてしまったのだという。

それが今日。

マリオンは悲しげな顔で、両家のためになるのはわかっている、と呟いた。

「だけど私、夢があるの。お医者さんになって、お母さまの病気を治してあげたい」

「まあ！　素敵な夢じゃない」

「ありがとう。でもその夢は、婚約した途端、死んでしまう」

女性は結婚と同時に、家に入ることが当然のように求められている。

でも医者を目指すなら、大学に行って、医学を学ばなければならない。

「両親は、私が十八で王立学園を卒業するのと同時に、結婚させるつもりなの」

「なるほどね……」

婚約が決まった段階で、大学進学の道は確実に断たれてしまうわけだ。

夢が死ぬ。

さっきマリオンが口にした言葉は、クロエの心にずしんとした重みを残した。

同じように夢を追う者として、彼女の辛さはよく理解できる。

もし悪役令嬢を目指すのをやめるよう、誰かから命じられたら――。

（私だったら、暴れて、喚いて、全力で反発するわ）

暴れるまではいかなくても、マリオンも同じように行動を起こしたようだ。

彼女は味方のメイドに助言をもらい、男装をして、顔見せの会から逃げ出してきたのだという。

「ふふっ。だから男装していたのね。やるじゃない」

思い切りのよさを気に入って、クロエはマリオンをますます好きになった。

マリオンの事情は、これでよくわかった。

（あら？　でも変ね？）

マリオンについては、スティードが色んな情報を与えてくれた。

（だけど婚約の話は初耳だわ）

それに、マリオンが医者になる夢を持つ少女だというエピソードも聞いていない。

スティードはどうして話さなかったのだろう。

彼が伝え忘れたとは考えられず、奇妙に感じた。

マリオンがこの避暑地で男装していることを知っていれば、クロエだってもうちょっと慎重に行動していたと思う。

（お陰でマリオンと友達になれたのだから、別に構わないけど）

考え込むクロエの傍らで、マリオンが悲しげなため息を吐いた。

「やっぱり逃げたのは間違っていたかも。それで問題が解決するわけじゃないし。ちゃんと向き合って、なんとかしないと」

「なんとかって、具体的に案があるの？」

「えっと……私、ザック・ニールさんに嫌われるように振る舞ってみる。そうすれば向こうから断ってくれるかもしれないでしょう？」

マリオンの言葉を聞いて、クロエはザック・ニールのことを思い出した。

あの油断ならない曲者（くせもの）少年を、マリオンがやり込めることなんて、どう考えても不可能だ。

「あ！　そうだわ！　私がその役をやってあげる！」

「え!?」

「どうせマリオンのふりをしちゃったし、向こうはまだ信じているもの」

「で、でも……」

「それともマリオンは、彼に嫌われる自信がある？」

「そ、それは……」

「ザック・ニールってかなりの捻くれ者よ。あなたみたいな素直な女の子、あいつのいいようにされそうで不安だわ」

クロエの言葉に、マリオンがサーッと青ざめる。

ザック・ニールはわざわざマリオンを捜しに来たくらいだ。

婚約に乗り気だと思っていいだろう。

クロエには、マリオンがザック・ニールに言いくるめられて、意思に反した婚約を強いられる姿しか想像ができなかった。

(そんなこと絶対させるものですか！)

「心配しないで、マリオン。私だったら、人に嫌われるぐらい楽勝よ！　悪役令嬢を目指す者として、うんと傍若無人に振る舞ってやるわ！」

友達として、マリオンに協力したい。

その一心で、クロエはかなり前のめりになっていた。

「人に嫌われる自信はかなりあるわ」

「だけどクロエに助けてもらってばかりになってしまうわ」

「水臭いこと言わないで。私たち、友達でしょう！　友達はお互いのピンチに力を貸し合うものだと思うのよ。だから今回は甘えてちょうだい」

クロエは胸を張ると、景気よくトンッと拳を当ててみせた。

「それじゃあ明日。約束の時間の前にあなたの家に行くから、場所を教えてくれる？」

まだ戸惑った表情を浮かべるマリオンから、なんとか子爵家の別荘がある場所を聞き出した。

「クロエ、頼ってばかりでごめんなさい。あなたのためにできることがあったら、いつでも言ってね。私、あなたのためならどんなことでもする！」

またマリオンが抱きついてきたけれど、今度はなんとかクロエも抱きしめ返すことができた。

「あ、そうだ、マリオン。なくしたペンダントのことだけど、試しに別荘の談話室を捜してみて」

「え？　談話室？」

「なんとなくそこに落ちてる気がするのよ」

スティードが、マリオンのなくしたペンダントは談話室から出てくると言っていたので、伝えておきたかったのだ。

マリオンは不思議そうにしながらも、帰ったらすぐ見てみると約束してくれた。

それからマリオンと別れたクロエは、明日の計画をはりきって練りながら、カントリーハウスへ戻った。

そんなクロエのことを、エントランスの大理石に腰を落としたスティードが、青ざめた顔で出迎えてくれた。

五章　天敵との危険なお茶会

攻略対象たちに気に入られるとかどうでもいいです。私は私らしく、自由にさせていただきます！

（1）

（スティードったら、ひどい顔色！）

人が青ざめる理由といえば、腹痛くらいしか思い浮かばないクロエは、スティードの体調を案じながら駆け寄っていった。

「どうしたの、スティード。血の気が引いてるじゃない！　おなか壊しちゃった？」

座っていたスティードの顔をひょこっと覗き込む。

スティードは困り顔で眉を下げた。

「そうやって無邪気に振る舞われると、ヤキモキさせられたことも、すべて許しそうになるな。僕の顔色が悪いなら、血の気が引くほど君を心配していたからだよ」

ああ、よかった。

スティードに何か起きたわけではないと知って、クロエは安心した。

「ねえ、クロエ。どうしてひとりで出かけてしまったの？　僕の到着を大人しく待っていて欲しいって、ちゃんと伝えておいたのに」

「待っている間、周辺を散策するくらい、『大人しくする』の範疇に含まれるでしょ？」

「王宮内の庭を散歩するのとは、わけが違うよ。そう言い出すと思ったから、約束までしたのにな」

　スティードは立ち上がると、心から残念そうに言った。

「僕にとって君との約束は、命を懸けてでも貫くべきものなのに。君にとって僕との約束は、あっさり破っても構わないものなの？」

「そんなつもりないわ！」

「本当に？　じゃあ約束を守ってくれる気はあったんだ？」

　完全にクロエ側に非があると言いたげな口調にムッとなる。

　矢継ぎばやに責められるほど、悪いことをしただろうか。

　確かに屋敷の中で待ってなかった。

　けれど、外に出ないとは最初から言っていない。

　クロエはクロエで、スティードとの約束の範囲内で行動をしているつもりだったのだ。

　だけどそんなふうに反論するのは、言い訳がましい気がして憚られた。

　それにスティードだって、意地悪からクロエを責めているわけじゃないことはわかっている。

（心配させちゃったのよね）

　その点については、クロエだってちゃんと罪悪感を覚えていた。

（謝るべきだってわかってるわ）

　でも、自分の中の意地っ張りな部分が邪魔をして、どうしても素直になれない。

（だっていきなり怒るんだもの……。スティードのバカ）

今も厳しい顔をして腰に手を当てているスティードから、悔し紛れに視線を逸らす。

スティードがクロエに対してこんなふうに怒るなんて、初めてのことだったから、はっきり言ってかなり驚かされた。

おかげで心臓の鼓動が、苦しいくらい速い。

もしかしたら、彼が怒っている事実にショックを受けているのかもしれない。

心が傷ついたとき、人はいつもより頑(かたく)なになりやすいものだから。

クロエが謝れずむっつりしているせいで、ふたりの間には、息が詰まるような気まずい沈黙が流れてしまった。

ため息を吐いたあと、先に折れたのはスティードのほうだ。

「ごめん。意地悪な言い方をした。君が出かけたって聞いたとき、本当にショックだったんだ」

こんふうに空気が悪くなったとき、歩み寄ってくれるのは、いつも必ずスティードの側からだった。

(私が意地っ張りだから……)

クロエは気まずさと申し訳なさから、もじもじと指先を弄(いじ)った。

もっと素直な女の子だったらよかったのに。

自分のことが好きなクロエだって、さすがにこんな場合は、自らの欠点に対して自覚的にならざるをえない。

とはいえ、ここで「ごめんなさい」の言葉が出てきたら、最初から険悪な雰囲気になってなどいないわけで……。

結局、クロエの口から出てきたのは、本音とは裏腹な言葉だった。

「……スティードには謝る理由なんてないでしょ」

ありがたいことに、スティードは、クロエの意地っ張りな態度にも慣れている。

それに、まずクロエとの仲を元どおりにしたいと思ったのだろう。

彼はやんわりと首を振ってから、「僕が悪かった」と頭を下げた。

「少なくとも、君に今そんな顔をさせているのは僕だから。――クロエには、いつも笑っていて欲しいんだ。そのために君を破滅から救おうとしているのに……。君を泣かせるのは本意じゃない」

「な、泣いたりなんかしないわよ！」

「ふふ。そうだね」

なんとなくいつものやりとりが戻ってきて、ホッとする。

それなのに――。

「とにかく、君に何ごともなくてよかった。この避暑地にはマリオンとオリバーがいるんだ。ふたりと鉢合わせしていたら取り返しがつかないと思って、気が気じゃなかったんだよ」

（う……わ……）

まさかここでマリオンの話題を持ち出されるなんて。

クロエが思わず固まったことに、気づかないスティードではない。

「クロエ？　どうしたの？」

訝しげに問いかけられ、ヒクリと頬の片側が引き攣った。

「どうしたってなんのこと？」

「なんのことじゃないよ。今、明らかにギクッとしただろう？」

「さ、さあ。どうだったかしら」

「はぁ……。クロエ。それで誤魔化せるって本当に思ってるの？」

心にやましいところがあるせいだろうか。

心臓の音がどんどん喧しくなっていく。

気まずさに耐えきれなくて視線を逸らしたら、頬を両手で包まれ、目を合わされてしまった。

（ああ。これって最悪な流れだわ）

再びスティードの顔が曇っていくのを見て、クロエは頭を抱えたくなった。

「まさか、マリオンやオリバーと何かあった？」

淡々と問いかけてきたスティードの目は、もうまったく笑っていない。

鋭すぎる彼のことを、正直少し憎らしく感じる。

せっかく仲直りできると思ったのに。

今、マリオンと友達になったなんて話したら、間違いなく火に油だ。

「何かあったんだね」

いつもより低い声でそう言うと、スティードが距離を詰めてきた。

（うっ、ち、近いわよ！　今日この状況になるの二回目！）

ただじっとクロエの目を見つめて、スティードは甘い言葉を囁きかけたりしない。

ザック・ニールと違って、スティードは甘い言葉を囁きかけたりしない。


今日あったことを正直に伝えたら、一体どうなってしまうのだろう。

不安で仕方ないけれど、クロエには嘘をつくという選択肢がなかった。

だって、そんなのまるでマリオンと友達になったことを後ろめたく思っているみたいだ。

（でも、なんで今話さなくちゃいけないのよ……）

タイミングの悪さを呪いたくなりながら、クロエは処刑台に向かうような気持ちで口を開いた。

約束を破った罪悪感と、マリオンを庇いたい気持ちがせめぎ合って、もうずっと頭が混乱している。

「……たわ」

「え？　何？」

消え入りそうな声で言うと、案の定聞き取れなかったらしく、スティードが聞き返してきた。

わかっている。

ちゃんと腹を括るべきだって。

すうっと大きく息を吸い込んだクロエは、今度はいつもどおりの声量で、きっぱりと言った。

「マリオンに会ったわ！」

そう告げるまではよかった。

でも言葉にした途端、スティードの反応が怖くなってきて、クロエはまた視線を逸らしてしまった。

今度は、強引に引き戻されることもない。

一度、深呼吸をして、おそるおそるスティードの様子を窺う。

彼の瞳の中には、驚きと同時に、悲しみの色が宿っていた。

「あれだけ忠告したのに！」と責められるほうがずっとマシだ。

「どうしてそのことを真っ先に話してくれなかったの？」

「だってスティードが出かけた理由を聞いたから」

「そう尋ねたのは、ヒロインたちに会っていないかを心配したからだってわかっているよね？」

そんな意地悪な言い方をしなくてもいいじゃないか。

「遠回しな言い方は、嫌みっぽくて好きじゃないわ。文句があるなら、もっとはっきり言えばいいじゃない」

（ああ、またやってしまった）

言い方がきつすぎる。

自覚はあるのに、止められなかった。

（もう、私ってどうしてこうなのかしら！）

感情と言葉が、ちゃんと繋がってくれない。

スティードと喧嘩したいわけじゃないのに。

（そうよ。とにかく落ち着いて）

起きた出来事を簡潔に伝える。

そのことだけに意識を集中させよう。

（２）

クロエは簡潔に淡々と、湖で起きた出来事を話して聞かせた。

できるだけスティードの心に波風を立てないように気をつけたつもりだ。

ただし、マリオンがどれだけ素敵な女の子だったかを話すときだけは、感情を込めずにいられなかった。

でもスティードだって、本当のマリオンを知ればわかってくれるはずだ。

彼女は敵なんかじゃないと。

『へえ、マリオンはそんな子だったんだ。素敵な友達ができてよかったね』

話し終えたクロエは、スティードからそんな言葉が返ってくるのを期待して待った。

けれどスティードは態度を軟化させるどころか、より一層、表情を険しくさせてしまったのだった。

「マリオンと友達になったって……。ああ、クロエ。これは夢だって言ってくれないか」

スティードは「信じられない。なんでそんな……」と呟き、天を仰いだ。

多分、彼は今できるだけ感情を抑えている。

それでも困惑と苛立ちが、態度や言葉の端々に滲んでいた。

(どうして？　マリオンのこと、ちゃんと説明したのに)

「ねえ、マリオンは本当にいい子なのよ？」

「ヒロインがどんな人間かなんてどうでもいいよ。たとえ君の言うとおり、彼女が『いい子』であっても、君を破滅させる人間だ。悪魔と変わらない」

「なっ、悪魔って……。なんてこと言うのよ!?」

「悪魔がだめなら、死神とでも呼ぼうか？」

「スティード！　マリオンはまだ私に何もしてないのよ!?」

「してから憎んだんじゃ遅すぎる」

信じられないくらい冷たい声で、吐き捨てるように言われる。

返す言葉がなかった。

スティードは今、わざとトゲのある言葉を選んでいる気がした。

クロエに対してではなく、マリオンに対しての敵意を敢えて示すために。

クロエはスティードを怒らせないようにしようという想いが、急速に萎えていくのを感じた。

もうだめだ。

だって彼は明らかにめちゃくちゃ怒っている。

そのうえ怒りの感情を浴びせられたせいで、クロエの負けん気にも火がついてしまった。

（私のせいでマリオンを敵視してることはわかってるわ。わかってるけど……）

その問題について、クロエはスティードと話し合いたかったのだ。

それなのに、スティードは別の可能性を一切受け入れる気がないという態度を貫いている。

（スティードのバカ……）

「しかも、彼女の代わりに、婚約者とお茶をすることになっただって？」

「まだ正式な婚約者じゃないわ」

仏頂面でそう返すと、そこは問題じゃないという視線が、ため息と共に返ってきた。

「クロエ。ヒロインを放っておけなかった気持ちはわかるよ。認めたくないだろうけど、君はすごく優しいから」

「優しくなんか――」

「聞いて」

スティードは、クロエの唇に人差し指を当てて、否定の言葉を遮った。

「今回だけは相手が悪すぎる。マリオンは君を破滅させる存在だってまさか忘れたわけじゃないよね？」

マリオンが大罪人であるかのように言われ、クロエは我慢できなくなった。

「あなたも一度会ってみればいいのよ。そしたらきっと彼女のことを好きになるわ」

「ありえない」

スティードは考えるまもなく、切り捨てるように言った。

いつものスティードからは想像もつかない冷ややかな声。

そこに潜んでいるのは、憎悪にも近い感情だ。

背筋のあたりがゾクッとなる。

直後にその事実を恥ずかしく感じた。

悪役令嬢は恐れるものなんてないはずだ。

それなのに今、スティードを怖いと思ってしまった。

（冗談じゃないわ。スティードなんか別に恐れてないし！）

それにマリオンを悪人のように憎んでいるのも嫌だ。

スティードがいくらゲームの中のマリオンに詳しいからって、なんだというのだ。

ここはゲームの中じゃない。

もしかしたらゲームとの違いがあるかもしれないのに。

（そもそも私たちは、ゲームと違うことをしようとして奮闘してきたんじゃない。なのにそうしようと提案してくれたスティードが、ゲームとこの世界の違いを受け入れないなんて、おかしいわ！）

　文句を言ってやろうと思って前のめりになると、スティードに先手を打たれてしまった。

「明日の予定のことだけど、わざわざ断る必要もないからね。明日は一日ずっと僕と過ごそう。とにかくこれ以上関わらないようにするんだ」

「なによそれ!?　勝手に決めつけないで」

「君のことを心配しているんだよ」

「私のためだっていうんなら、余計にやめて欲しいわ」

　もう我慢ならない。

　クロエがどんな気持ちでマリオンを助けようと思ったのか。

　マリオンがどれほど喜んでくれたのか。

　それを知ろうともしないで。

　クロエは、スティードをキッと睨みつけた。

「そもそもスティードだって、色々話してないことがあったでしょ。マリオンが男装してるなんて知らなかったわ。だから最初、彼女だって気づかず話しかけちゃったんだし」

「男装？　なんのこと？」

不思議そうに聞き返され、戸惑う。

「なにって……マリオンは男の子の格好をしていたのよ」

「男の子の格好？　それはおかしいよ。ゲームにはそんな要素まったく出てこなかった」

「私の話を嘘だと思ってるの？」

「まさか。クロエを疑ったりはしないよ」

心外だと言いたげに眉を下げるスティードを見て、クロエはふんっと鼻を鳴らした。

今はスティードの言葉を素直に受け取れない。

スティードもクロエの気持ちをわかっているのだろう。

すぐに話題をマリオンのことに戻してきた。

「そもそもおかしいと思っていたんだ。この避暑地で起こるのは、ヒロインと婚約者のエピソードなんかじゃない。やっぱりそのマリオンという子は信用できないな」

またマリオンのことを悪く言った。

いっそわざと怒らせているのかと思うほどだ。

「マリオンだって嘘なんてついてないわよ！　実際にマリオンを捜してる婚約者候補とも会ったもの」

「クロエ。エピソードもゲームでは発生してないんだよ。だから、やっぱり何かがおかしいんだよ」

ゲームのことばかり持ち出されて、いよいよ我慢ができなくなった。

目の前のクロエが話すことよりも、自分の記憶の中にあるゲームの出来事が正しいと思うのなら、勝手にすればいいじゃないか。

そんな子供じみた気持ちが湧いてきた。

「もういい。私の話に聞く耳を持ってないじゃない。そんな人と話してても意味ないわ！　バカ、スティード！」

「えっ。ちょ、ちょっと待って。ごめんね。ちゃんと君の話は聞いているよ。……クロエ、待って。とにかく落ち着いて？」

「落ち着いてってなに!?　馬でも宥めてるつもり!?　だいたい落ち着いたって答えは変わらないわよ！」

頭にきすぎて、涙が出そうだ。

明らかに興奮しすぎている。

こんな幼い子供のような怒り方はどうかしていると、頭の中で冷静な自分が止めに入ってきた。

でも、止まれない。

やめとけというもうひとりの自分の制止を振り切って、クロエは決定打となる一声を叫んだ。

「帰って！　スティードなんて、顔も見たくないわ！」

（3）

追いすがるスティードを振り切って、屋敷の中に駆け込んだクロエは、廊下で鉢合わせした母が呼び止めるのも聞かず、ずんずんと廊下を突き進んでいった。

「まあ、あの子ったら！　どうしたのかしら。珍しく泣きそうな顔なんかして」

母のそんな呟きが後ろから聞こえてくる。

（泣きそうになんてなってないわよ……）

心の中で反論したけれど、今、鏡を見る勇気はなかった。

本当は涙が溢れそうなことぐらい、クロエが一番知っている。

わかってくれなかったこと、わかり合えなかったことへの怒りや悲しみが渦巻いて、どうしようもなく感情が高ぶる。

（顔も見たくないって言っちゃった）

スティードはまるでクロエの言葉に殴られたかのように、苦しそうな顔をしていた。

（あんなこと言わなきゃよかった……？　でもだってスティードが……違う、スティードのせいにしたいわけじゃないのに……。ああ、もうっ……）

頭も心もぐちゃぐちゃだ。

それでも広い屋敷の廊下を進み、自室に辿り着く頃には、クロエの感情はほとんど罪悪感一色になっていた。

（やっぱり最後の言葉は言いすぎだったわ）

やっと辿り着いた自室に飛び込むなり、クロエはばすっと音を立ててベッドへと倒れ込んだ。

息を詰めて、心を落ち着かせようとがんばる。

そうでないと、怒濤の勢いで押し寄せてくる罪悪感に呑み込まれてしまいそうだった。

口からこぼれるため息が重い。

「はあ……。なんであんなこと言ってしまったのかしら」

心配してくれたのはわかっていたのに。

ムキになって素直になれず、ひどい言葉を口にした。

（スティードがマリオンのことを敵みたいに思ってるのが、許せなかったのよね……）

そのことがどうしても納得できなくて、つい感情のまま怒ってしまった。

でも冷静になって考えれば、スティードが悪いわけじゃない。

彼はゲームの中のマリオンしか知らず、そのマリオンは、クロエを破滅させる存在だったのだ。

これまでずっとマリオンはクロエを破滅させると信じて、解決策を練ってきたのだし、この世界で出会うマリオンのことを、ゲームと同じ人間だと思い込んでも、仕方のない話だった。

現実のマリオンとの違いを主張したところで、簡単に受け入れられるわけがない。

（私はスティードの気持ちをちゃんと汲んだうえで、本当のマリオンについて聞き入れてくれるまで、何度でも伝えるべきだったんだわ）

それにゲームの内容と違うことが起きていたら、スティードが警戒するのは当然だ。

本来なら、そんなスティードに感謝しなくてはいけなかったところだ。

それなのに、「ありがとう」や「ごめんね」の言葉を一度も伝えなかった。

挙句に「帰って」「顔も見たくない」だ。

クロエはたまらない気持ちになって、クッションに額をぐりぐりと押しつけた。

（私、最低ね……）

自分のことをちょっぴり嫌いになりそうだ。

クロエにとって、こんな自己嫌悪は初めてのことだった。

そもそもスティードとあんなふうに言い合いをしたことなど今まで一度もない。

それはいつも彼のほうが、クロエの意地っ張りな言葉や態度を笑って許してくれていたからだ。

『クロエがそんなふうに、本当の気持ちをぶつけてくれることがうれしいんだ』

『僕の前ではいくらでもわがままな女の子でいてくれていいんだよ』

『怒ってる君も可愛くて好きだ』

言われたときは、恥ずかしくて仕方なかったけれど、今振り返れば、あれは彼の優しさだった。

そう思うとますます気が滅入ってきた。

さすがのクロエでも、友人との初めての喧嘩がかなり応えていた。

(……スティードに謝ろう)

クロエは意気消沈したまま、ごく自然な気持ちでそう思った。

明日のマリオンとの約束は守る。

だけどその予定が終わったあと、スティードに会いに行こう。

自分から追い返しておいて、虫のいい話なのはわかっている。

でもこんなに後悔しているのに、何も行動を起こさないでいることなんてクロエにはできなかった。

翌朝の目覚めは最悪だった。

一生懸命スティードに話しかけても声が届かないという夢にうなされ、起きたときにはぐったりと疲れ切っていたのだ。

夢には潜在意識が影響を与えると言われているのをふと思い出す。

(早くスティードと仲直りしなくちゃ)

悪夢を見るのは自分への罰のように思えて、クロエはしょんぼりと肩を落とした。

（でもまずは、ザック・ニールとの対決ね）

敵はあの曲者だ。

落ち込んだ気持ちで立ち向かってなんとかなる相手とは思えない。

クロエは大きく息を吐き出すと、気持ちを切り替えてベッドを飛び出した。

「なあ、私の宝物たち。今日は家族でテニスをするのはどうかな」

朝食を済ませたクロエは、父がそう誘いをかけてくるのと同時に席を立った。

「ごめんなさいお父様。私はもっと重要な勝負を挑んでくるわ。テニスはお母様と二人で楽しんで！」

「え!?　勝負!?　勝負ってなんだいクロエ!?」

「クロエ、あなたまた何か企んでいるの!?」

母の小言から逃げるようにカントリーハウスを抜け出し、小川のほうへ向かう道まで走る。

ここから川を越えた先に、マリオンが教えてくれた別荘があるはずだ。

全力疾走するためにまくりあげていたスカートを直し、乱れた髪を手櫛（てぐし）で適当に整える。

軽く弾んでいた息が元に戻る頃、視界の先に青い壁の屋敷が見えてきた。

生い茂る緑に囲まれた門の前にいるのは、マリオンだ。

「マリオン、おはよう」

「おはよう、クロエ。本当に来てくれたのね」

「当たり前じゃないの！　友達を裏切ったりしないわ。そうだ、マリオン。お母様のくれたペンダントは見つかった？」

「ええ！　本当にクロエの言ってくれた場所にあったから、びっくりしちゃった！　クロエったら、何か不思議な力を持ってるの？」

瞳をキラキラさせて尋ねてくるマリオンに、曖昧な笑みを返す。

ゲームのことは話せないから、さりげなく話題を逸らすしかない。

「これからの段取りを話すわね！　私はこのままザック・ニールが現れるのを待つから、マリオンは屋敷の中にいてちょうだい」

「えっ!?　クロエひとりに押しつけるなんて……」

「押しつけられてるなんて思ってないわよ」

そもそもこの作戦はクロエ側から提案したものだ。

そう言っても心配そうにしているマリオンの肩を、クロエは軽くぽんぽんと叩いた。

「ザック・ニールとマリオンが鉢合わせするのはまずいでしょ。あいつ鋭そうだし。ちょっとしたことをきっかけに、どっちが本物のマリオンか気づきかねないわ。だから、ね？　私に任せて、マリオンは待っていて！　必ずいい知らせを届けるから！」

マリオンの背中を押しながら説得し、なんとか彼女を屋敷の中に戻す。

「さーてと」

ひとりになったクロエは、ここへ向かう途中に考えた作戦をさっそく決行した。

（ふふふ！　まずは出会い頭の先制パンチよ！）

計画どおりのポーズを取ってほくそ笑んでいると、そんなに経たずにザック・ニールが姿を現した。

日差しの降りそそぐ古径の中をのんびり歩いてきたザック・ニールは、クロエを見て目を丸くした。

「え……。君、何してるんだ？」

完全に不意打ちを食らった彼が、素のまま尋ねてくる。

予想どおりの反応がうれしく、口元が勝手に緩んでしまう。

（いけない、いけない！　まだ気を抜けないわ）

クロエはぐっと唇を引き結んで、冷たく見下すような視線でザック・ニールをねめつけた。

もともとの悪人面も相まって、こういう表情をすると、ものすごく意地悪そうに見えることを知っている。

（何度も鏡の前で確認してきたから、この顔には自信があるわよ）

今までさんざん練習してきた悪役令嬢らしい表情も、ついに実践の機会を迎えられたというわけだ。

「何してるって、わかりきったことを聞かないでよ。あなたを待っていたに決まってるじゃない」

「待ってたって言ったたって……」

それ以上、言葉が続かないらしい。

ザックが驚くのも無理はなかった。

クロエは地べたに直接座り込んでいるうえ、お行儀悪く靴を脱ぎ捨てているのだ。

貴族の女子としては、マナー違反も甚だしかった。

（どう？　ザック・ニール？　今すぐに婚約を断ってもいいのよ）

ザックが引いてしまうぐらい、とんでもない少女として振る舞いまくり、こんな子と結婚なんて無理だと思わせる。

これがクロエの作戦だった。

「ふうん。おとなしい子だって聞いてたけど、ずいぶんと奔放だなあ」

ザックが怯まず面白そうに眉を上げたのは気に入らないが、問題ない。

まだ勝負は始まったばかりなのだから。

「大人たちの前では猫かぶっているの。本当の私は木登りもするし、落とし穴も掘るし、最悪な女なんだから」

もっとも、これはクロエが普段やっている行動だ。

悪役令嬢らしい行動に、ザックもきっとドン引きだろう。

「その話、興味深いねえ。お茶のときに詳しく聞かせてもらおう。それじゃあ行こうか、婚約者殿」

ザックはクロエを立ち上がらせるために、紳士的な仕草で腕を差し出してきた。

少し細められた瞳は、クロエがどう出るかを観察している。

それを隠す気もないようだ。

（この程度では効かないってわけね）

負けず嫌いなクロエのやる気に、メラメラとした火がつく。

（上等じゃない！　受けて立つわ！）

（4）

ザックがクロエを招待したのは、ラベンダーが咲き誇る小さな花畑だった。

隠れた名所なのか、それとも人払いをしたのか、紫の美しい絨毯（じゅうたん）は誰のものにもなっていない。

ありきたりな中庭に用意された、退屈なお茶会を想像していたから、不意をつかれた気分だ。

花を潰さない場所に用意されたキルトの上には、サンドイッチやマフィンが用意されている。

紅茶のポットからは湯気が立ち上っているのに、辺りにはメイドの姿さえ見当たらなかった。

「使用人たちが傍にいると、ふたりきりになれないから下がらせたんだ。給仕は俺が務めさせてもらうよ」

にこっと微笑むザックの笑顔を、胡散臭いとしか思えない。

こういう演出じみた行動を取るところが、なおさら信用できなかった。

「別にふたりきりじゃなくてよかったわ。あなたと私しかいないなんて、息が詰まるもの」

無理して嫌われるような行動をとる必要なんてなさそうだ。

ザックに対してなら、普段どおりにしているだけで、いくらでも辛らつな言葉が湧いてくる。

「給仕の人たちはプロなんだから、素直に任せればいいのよ。素人の淹れたまずい紅茶なんて飲まされたくないわ」

「安心して。俺の腕はなかなかのものだよ？　街の女の子たちにも好評でね」

「婚約者候補の前で他の女の子の話？　とんでもないクズね」

「うれしいなあ！　嫉妬してくれるんだ？」

「そんなわけないでしょ」

ただ単にクズと言ってやりたかっただけだ。

（だいたい他の子のことを指摘されても、平然と流すなんて！　軽薄すぎよ！）

こんな相手は、やっぱりマリオンに似つかわしくない。

器用な手つきで紅茶を淹れてみせたザックが、ティーカップを差し出してきたが、クロエはぴしやりと撥ねつけた。

「結構よ。私って味にうるさいの」

「やきもちを焼いて怒る女の子は嫌いじゃない」

「ちょ!?　その話は終わったでしょ！」

「紅茶、ここに置いておくよ」

「……っ」

何を言ってもまったく響いていない。

ザックの涼しげな顔を見ていると、どうしようもなくムカムカする。

(負けてたまるものですか！)

嫌みが響かないなら、別の方法を取るまでだ。

「あーあ。森を歩いて足が痛くなっちゃった！」

クロエは再び靴を脱ぎ棄て、キルトの上にごろんと寝転がった。

さすがに普段、他の人の前ではできない行動だが、相手に嫌われてもいいなら話は別だ。

(うーん、それにしてもこの体勢、解放感があって悪くないわね！)

視線の先には一面の青空が広がっている。

前髪を揺らす風は優しく心地いい。

隣にザックさえいなければ、最高のピクニックになっていただろう。

「ははは。君はやっぱり面白いね。こんな女の子初めて見たよ」

(なんで笑ってるのよ！　ここは引くところでしょう!?)

「私はちっとも面白くないわ！」

叫びながら体を起こすと、またあの悪魔の笑みを浮かべたザックと目が合った。

「そう言われれば言われるほど、俺は楽しくなる」

この少年、本当に歪んでいる。

「あなたって変よ。普通、嫌みを言われたら頭にくるし、こんなお行儀の悪い女の子を見たら引くはずよ！　それを面白がっていられるなんて、どうかしてるわ」

クロエの言葉を聞いた途端、ザックは声を上げて笑い出した。

さっきまでのにやにや笑いとは違う。

堪え切れなくて噴き出したという態度を見て、クロエは嫌な予感を覚えた。

「何がそんなにおかしいのよ」

「あー笑った、笑った。何がおかしいって？　だって君があまりに素直だから」

「……どういう意味よ？」

「なんで俺が怒らないか不思議なんだろう？　ははっ。怒るわけないさ。だって、君が俺を怒らせたくてわざと辛らつな言葉を口にしているのが、可愛くて仕方ないんだから」

(なんですって!?)

一気に血の気が引いていく。

（わざと嫌われようとしていることに気づいてたの!?）

ショックを受けるのと同時に、悔しくてたまらなくなった。

完璧な作戦だと思っていたのに。

見透かされていたなんて、屈辱以外の何物でもない。

その結果、ザックを楽しませてしまったのだと思うと、情けなくなった。

「君は計略には向かないタイプだよ。わかりやすすぎるからね。俺に嫌われることで、婚約をこちら側から断らせようと考えたんだろう？」

キルトの上に手をついて前のめりになったザックが、顔を覗き込んでくる。

吐息がかかるほどの距離にギクッとなった瞬間、ザックは整った顔を歪めて笑った。

「残念だったね。君の計画は失敗に終わったんだよ」

（5）

「嫌われるよう振る舞ってまで断らせたいなんて、ずいぶんと無茶な作戦を練ったねえ。まあ君のほうから断れるわけないものね。いくらお貴族様といえど、困っているのは君の家のほうなのだから」

見下す気持ちを隠さずせせら笑うザックを見て、クロエはムカムカした。

「嫌な感じ！　その貴族の名声が欲しくて結婚しようとしてるくせに」

「貴族は普段から驕っているだろう。だからこういうとき、バカにされるんだ」

「驕っているのはあなたのほうでしょ。お金を持っているのがそんなに偉いの？」

「さあどうだろうね。お金があれば少なくとも、結婚という名目のもと娘を売り払わなくて済むよ」

「あら。あなたは家にお金があるのに、こうして結婚させられそうになってるじゃない」

政略結婚なんて、お金の有無にかかわらず行われている。

だいたいお金持ちだからって、今のザックのように他人を見下すのは最低だ。

「両親に直訴するわ。いまのあなたの態度と発言を聞かせれば、そんなところに嫁ぐなって言ってくれるはずよ」

もちろんこれはハッタリだ。

貴族間の結婚がそんなに簡単じゃないことは、クロエだってよくわかっている。

でも、こんな相手と結婚をするように言われて、誰にも助けてもらえないなんてあんまりだ。

(私は絶対マリオンの味方よ)

彼女のために、なんとしてもこの婚約を潰してみせる。

決意をあらたにしてザックを睨みつけると、彼は呆れ交じりのため息を吐いた。

「君は自分のおかれている状況がまったくわかっていないんだな。君の家には膨大な額の借金があって、屋敷を取り上げられそうになっている。その状況を回避する方法なんて、もう君が僕と結婚するくらいしかないいんだよ？」

「あなたじゃなきゃいけない理由はないわ。両親に言って、もっとまともなお金持ちを探してもらうわよ。あなたなんて論外よ」

「だったらいまから君の家に行こうか」

「えっ」

突然、とんでもない提案をされ固まる。

家に行くなんてもってのほかだ。

（マリオンの母親に会ったりしたら、私が偽者だってバレちゃうじゃない!?）

「君の母親の前でもさっきと同じような態度を取ってあげるよ。それでも君の母親は、僕のご機嫌取りをするだろうね」

「だ、だめ！　家に来るのはなしよっ！」

大慌てで両手を振ると、ザックは何を勘違いしたのか、憐(あわれ)みのこもった目を向けてきた。

「ほらね。君だって本当は両親が庇ってくれないことを理解してるんだろう？　どこの家も同じ。貴族なんてのは、子供の幸せより家の名誉を重んじる生き物だ」

「そ、それはわからないけど……。とにかく家はやめましょう……」

うっかりまごついてしまったせいで、ふたりの間に嫌な間が流れた。

「なんだか様子が変だね。さっきまでの勢いはどうした？」

まずい。ザックが不審に思いはじめている。

落ち着いて、形勢を立て直さなければ。

（とにかく話題を変えるのよ）

「ねえ、ザック。そんなに私と結婚したい？　言っておくけど、私って相当変人よ。庭に落とし穴も掘りまくるし、メイドのことを追い掛け回すわよ。そんな奥さん欲しくないでしょ？」

「あはは、なんだそれ、面白いな。退屈しなくてよさそうだ」

「うっ。私は旦那様の言うことを聞くような奥さんじゃないし、扱いに苦労するわよ！」

「そういう女の子いいね」

クロエは普段、母から怒られているポイントを、思いつく限りあげ連ねていった。

そのどれに対しても、ザックは面白がるばかりで、焦りが募る。

（もう、なんなのよ、こいつ！　変な女が好きなの!?）

捲し立てるように自分の欠点を並べ立てていたクロエが、息切れを起こした頃、ザックは改めてクロエに向き直ってきた。

涼しげなその顔がむかつくけれど、息が上がっていて、睨み返すことしかできない。

「君にひとつアドバイスをあげよう。俺に嫌われたいなら、従順で媚を売る女の子になりなよ」

「そういう子が嫌いだって言いたいの？」

「ああ。もし君がそんな子だったら、こっちから断っていたな」

ザックは両の手のひらを見せて、お断りだというポーズを取った。

（胡散臭すぎる）

クロエは鼻に皺を寄せて、ザックに詰め寄った。

「あのねえ、ザック・ニール。そんな話を信じるほどバカじゃないわよ。あなたが私の役に立つ情報を与えるわけないもの」

「そうとも限らないよ。どう見たって君は従順なタイプじゃないし、演技でさえそんなふうに振る舞えないだろう？　だから敢えて教えたんだ」

「……どういうこと？」

「俺が嫌いなのは従順な女の子だってわかってるのに、そう振る舞えず歯ぎしりする君。絶対すごく面白いだろうなあと思って」

「な……！」

「ほら、ちょっと試してみなよ。それで思いっきり俺を笑わせてくれ」

「な、ななっ」

（なんて嫌なヤツなの！　知ってたけど!!）

でも、ザックがクロエを舐めきっていたおかげで、チャンスが巡ってきた。

（ふん。バカにしないでちょうだい。従順な女の子のフリぐらいできるわよ！　つまり普段の私と正反対の態度を取ればいいってわけでしょ？）

クロエは、俯いた口元に勝者の笑みを滲ませた。

（言い返したりしないで、ザックの言うことを全部受け入れるだけだもの。ちょろいもんよ。さあ、これで私を嫌いになりなさい、ザック・ニール！）

絶対、完璧にザックが嫌うような女の子を演じてやる。

一度、ゆっくり瞬きをして、気持ちを切り替える。

（私は従順な女の子！　私は超絶、従順な女の子よ!!）

そう暗示をかけて――。

「今からなんでもあなたに従うわ」

「へえ？」

その瞬間、ザックの雰囲気が明らかに変わった。

（え、な、なに……？）

彼は微笑みを消し去った代わりに、十三歳とは思えない妖艶（ようえん）な表情で迫ってきた。

（なんのつもり!?）

わけがわからないまま、身を引こうとしたら、それより速くザックがクロエに向かって手のひらを翳した。

光の輪が宙に浮かんだかと思いきや、それがまるでロープのように、クロエの上半身に絡まる。

「……っ!?」

その途端、まったく身動きが取れなくなった。

体をぐるぐる巻きに縛られてしまったような感覚だ。

「な、なにこれ!?　魔法!?」

「そう。従うと思ってくれた相手にだけかけられる魔法だ」

どれだけもがいても、両腕は体にぴったりくっついたまま、びくともしない。

おそらく拘束魔法だろうけれど、人の動きを完全に封じる魔法なんて見たことがなかった。

ザックはそんなクロエを面白そうに散々眺めてから、そっと髪に触れてきた。

「君が俺の好きにさせるって言ったんだからね？」

「え？」

とんっと肩を押されたクロエは、バランスを失い、キルトの上へ仰向け(あおむ)けに倒れ込んだ。

（6）

「ちょっと、どういうつもり!?」

「だから俺に従うんだろう？」

「なんでもしていいってわけじゃないわよ！」

なんてバカなことを言ってしまったのだろう。

すごく嫌な予感がするので、起き上がりたい。

（こんな拘束なんでもないわ……）

クロエは負けじとザックを睨み返しながら、精一杯、体を動かそうとした。

身をよじっても、力を込めても、息が上がるばかりでなんの変化も得られない。

「そんなことをしても疲れるだけだろう。だいたい従順な女の子のふりはどうしたんだ？」

「うるさいわよっ」

必死に抵抗するほど、ザックの楽しげな表情が色濃くなる。

バカにされているのが悔しくなるのと同時に、クロエは絶望的な気分になった。

クロエがいくら暴れたって、この魔法は破れない。

だからザックは余裕なのだ。

そう気づくのと同時に、サアッと血の気が引いていった。

認めたくない気持ちが、心を染め上げていく。

襲い掛かる感情の正体は、恐怖だった。

どうやっても掻き消せないほどの恐れを抱いたのなんて、生まれて初めての経験だ。

自分のバカさ加減に今さら気づいて、悔し涙が浮かんでくる。

悪役を目指しているからって、己の力を過信しすぎていた。

そもそも魔力も平均以下だし、腕力だって女の子の中では力持ちだと言われる程度。

男の子には到底かなわない。

結局、クロエは非力な十三歳の少女でしかないのだ。

どんな相手にも負けない最強の悪役令嬢クロエは、そうあれたらいいなという理想の姿でしかなかった。

それなのに、向かうところ敵なしぐらいのつもりでいた。

こんな人けのないところに、ノコノコついてくるほど、慢心しきっていたのだ。

（私のバカ！　根拠のない全能感とか痛すぎるわ！）

もっと早くそのことに気づいていたなら――。

後悔しても遅い。

「可愛い抵抗はもう終わり？」

「うう……」

「楽しみだな。ようやく君の泣き顔が見られそうだ」

そんな意地の悪い言葉と共に、ザックがクロエの頬に触れてきた。

そのまま、ゆっくり彼の顔が近づいてくる。

キスをするつもりだ。

そう悟った途端、喉の奥から情けない悲鳴が零れ落ちた。

「ひっ」

（い、いや！　こんなヤツとキスなんて絶対いや！　無理無理無理無理！）

頭を振って阻もうとしたら、頬に添えられていた手でぐっと顎を摑まれた。

もう逃げ場がない。

（やだ……！　だ、誰か……誰か助けて……）

震えるほどの恐怖に襲われたとき、クロエは無意識に彼の名を叫んでいた。

「助けて、スティード……!!」

「こんな色っぽい場面で、他の男の名前を出すなんて。君って本当にバカだね」

ザックが冷ややかな声でそう呟く。

彼の吐息がクロエの唇にかかった。

その瞬間――。

耳がキィンとなる音と共に、背後からものすごい魔力のエネルギーを感じた。

「うわ……っ!?」

えっと思う間もなく、悲鳴を上げたザックが後方に吹き飛ばされる。

周囲の空気がピリピリしている。

誰かが強力な魔法を放ったのだ。

ザックの魔法のせいで、身動きが取れないのが忌々しい。

いったい誰がいるの。

キルトの上に転がったまま歯噛みしていると、クロエの問いに答えるように、魔法を使った者が声を発した。

「僕の婚約者に何をしているんだい？」

怒りを隠そうとしない、低く潜められた声だけれど、すぐにわかった。

「スティード……!?」

（うそ、どうして……!?）

信じられない。

本気で怖いと思ったとき、確かに彼の名を叫んだ。

（でも、まさか助けに来てくれるなんて……）

駆け寄ってきたスティードは、ザックの拘束魔法をあっさり解除すると、クロエを支え起こしてくれた。

スティードの後ろには、マリオンとロランドの姿も見える。

マリオンはぜーぜーと息切れを起こしているし、ロランドの髪も乱れていた。

そういえばスティードも、襟元を緩め、腕まくりしている。

（みんなで捜してくれたの……？）

問いかけるようにスティードを見上げると、彼の端整な顔がくしゃっと歪んで抱き寄せられた。

「クロエ！　怖かっただろう。かわいそうに……！」

気遣うように、そっと優しい力で抱きしめられる。

ザックに触れられるのはあんなに嫌だったのに、幼い頃から慣れ親しんできた彼の温もりは、クロエを心底、安心させてくれた。

（7）

「どこも怪我(けが)はない？　あいつに何もされなかった？」

スティードは少しだけ体を離すと、ひどく心配そうに問いかけてきた。

慌てて頷き返したら、彼はその場に頽(くずお)れてしまうんじゃないかという態度で「よかった……」と呟いた。

「もう大丈夫だからね。僕が必ず君を守る」

「スティード……」

強張(こわば)っていた体から力が抜けていくのがわかる。

安心した途端、涙が出そうになり、クロエは慌てて瞬きを繰り返した。

泣いたりしたら、もっと心配をかけてしまう。

両足にぐっと力を入れて、弱気な自分をなんとか押しやる。

「ねえ、今のなんだったの？　もしかしてスティードが魔法を使ったの……？」

許可のない攻撃魔法の使用は禁じられている。

王子という立場から、規律を重んじているスティードが、ルール違反をするなんて……。

クロエの驚きに反して、スティードは「そんなこと問題じゃない」と笑ってみせた。

「君のためなら、僕はどんな法だって犯すよ。その結果、罰を受けても構わない」

「なっ……」

なんてことを言うのだ。

クロエがあんぐりと口を開けた直後、背後から痛々しい呻き声が聞こえてきた。

「あー……痛たた……。まったく……ひどいなあ……」

ハッとして振り返ると、痛みに顔を顰めたザックが、ゆっくり体を起こすところだった。

「本気でぶっ飛ばすんだから。もう少し手加減してくれてもよかったんじゃない？」

スティードはクロエを腕の中に閉じ込めたまま、庇うように抱き寄せた。

顎を上げて見上げれば、とても冷たい目をしたスティードが、ザックを睨みつけていた。

その冷静さがかえって恐ろしい。

もし自分が敵対している側だったら震え上がっていただろう。

でも味方なら、こんなに頼もしい相手もいない。

「今ので本気だとは思われたくないな。これでも君を殺さないように、なんとか理性を働かせて加減したんだから。でもそんな軽口を叩く余裕があるなら、もう一発食らわせてもよさそうだ」

「おい、俺にもぶちのめさせろ」

凶暴な顔をしたロランドが、スティードの肩を摑んで隣に立つ。

スティードは軽く肩を竦めて、ロランドを見やった。

「ロランド。状況わかってるの？」

「こいつに手を出そうとしたんだ。痛めつける理由なんて、それだけで十分だろ」

強い風が巻き上がり、ロランドが掲げた手のひらに魔力が集まっていく。

スティードと違って、ロランドは全然手加減をする気がないらしい。

さすがに頬をひくつかせたザックが、降参するように両手を上げてみせた。

「おいおい、そんな力で攻撃されたら本当に死んじゃうんだけど？」

「森に埋めるところまでは面倒見てやるよ」

さすがにロランドを人殺しにさせるわけにはいかない。

クロエは急いでスティードの腕の中から飛び出すと、ロランドの手にしがみついた。

「だめ！　殺すのはなしよ！」

「こんなヤツを庇うのか？」

「違う！　私はロランドを庇ってるつもりよ！」

正式な決闘でもないのに、これ以上彼らに魔法を使わせるわけにはいかない。

万が一魔法で誰かを殺してしまったら、王族であろうと刑に処されてしまう。

クロエがしがみついて離れないせいか、渋々というようにロランドは魔力を収めてくれた。

それを煽るように、ザックが笑った。

「おっと。凶暴な狼だと思ったら、意外に従順なワンちゃんだったんだね」

「なんだと？」

余計なひと言をザックが放ったせいで、またロランドの目に怒りの色が戻ってしまう。

（なんなのあいつ!?　自殺願望でもあるのかしらっ!?）

クロエはロランドの腕を摑んだまま、ザックをねめつけた。

服の汚れを叩いて立ち上がったザックは、クロエたちを楽しげに見回した。

四対一という状況を気に留めているようには見えない。

「君たち、こんなことしていいの？　婚約がうまくいかなくて泣きを見るのは、マリオンなんだよ？」

痛いところを盾に取られ、言葉に詰まる。

そんなクロエの代わりに叫んだのは、本物のマリオンだった。

「婚約は破談よ！」

（え……!?）

きっぱりと言い切ったあと、マリオンはクロエを見て頷いてみせた。

マリオンの口元が動き、「任せて」と呟く。

そのまま彼女は、ザックの前まで歩いていった。

いったいマリオンは何をするつもりだろう。

ハラハラしながら見守っていると、彼女はさらなる爆弾を投下した。

「私が本物のマリオンよ。ザック・ニールさん。申し訳ありませんが、婚約のお話はこちらからお断りします！」

「ちょっと!?」

クロエはロランドの手を離すと、今度は大慌てでマリオンを止めに行った。

なんで突然、皆して、無茶な振る舞いをしはじめたのか。

普段、暴走して止められるのはクロエの側なのに。

「あなたが出てきたらだめじゃない！」

「ありがとう、クロエ。でも大切な友達が私のせいで危ない目に遭ったのに、これ以上じっとしてなんかいられないの」

「だけど……！」

婚約者候補と会うのに入れ替わっていたなんてバレたら、マリオンの立場はますます悪くなってしまう。

「やれやれ、次から次へと……。本当のマリオンはどっちなんだい？」

「私です！」

「私よ！」

マリオンとクロエが同時に答えると、ザックはおかしそうに笑い声を零した。

「クロエ、そいつの言動にかまう必要はないよ。そもそもそいつは、君がマリオンじゃないって、とっくに気づいているんだから」

「は？　なんですって？」

愕然として、スティードを振り返る。

（それ本当に!?）

もし本当だとして、なぜスティードが知っているのだろう。

「なんだ、そっちの彼はお見とおしか」

ザックにあっさり認められて、クロエはさらに動転した。

「どういうことよ、ザック・ニール！」

「ははっ。茶番に付き合うのは楽しかったよ。でも、君に嘘は向いてないな。思ってることが顔や態度に出すぎるし」

「嘘が向いてない……」

それって悪役を目指す者として、致命的な欠点なのでは。

ぼう然と立ちすくむクロエの前で、ザックがペラペラと語り続ける。

「だいたい考えてみなよ。お見合い相手の顔を把握しているなんて当然の話だろう?」

なんてことだ。

要するにザックは、マリオンの顔を知っているにもかかわらず、クロエの嘘に騙されているふりをしていたのだ。

しかも茶番に付き合うのは楽しいなどという理由で。

嘘に気づいている相手に向かい、必死に演技を続けていた自分を思い返し、クロエは頭を抱えたくなった。

「さて、本物のマリオン。ぜひ君の話も聞かせて欲しいな。今までこの女の子を身代わりにして、自分は安全圏にいたわけだけど。友達に嫌な役を押しつけて、隠れているのはどんな気分だった?」

婚約を断った瞬間のマリオンは、普段のおっとりしている彼女とは違い、強い決意を感じさせる顔つきをしていた。

きっとクロエのために、勇気を振り絞ってくれたのだろう。

そんな彼女の想いを、ザックの意地悪な言葉は容赦なく踏み躙った。

（ああ、マリオン……!　ザックが言ってることなんて気にしなくていいのに……!）

青ざめた顔でクロエを振り返ったマリオンの目には、涙が浮かんでいた。

「ごめんね、クロエ。怖かったよね。私のせいで……」

「あなたのせいなんかじゃない！　私が入れ替わりたいって言ったんだから！　――ちょっとザック・ニール！　何も知らないくせに、マリオンにひどいこと言わないで！」

「ははは。悪者は俺だって言いたいの？　ひどいなあ。安易な考えで偽者と入れ替わったのは君たちだろう？　この状況は、考えなしの行動が招いた結果なのに」

「――これ以上、僕の婚約者にひどいことをしないでくれるかな？」

冷たい声で言い放ったのは、スティードだ。

スティードの声音には、静かに沸き立つ怒りが滲んでいて、さすがのザックもヘラヘラした表情を引き締めた。

別に声を荒らげたりしていないのに、今のスティードには圧倒されるような凄(すご)みがある。

「入れ替わりを責める権利なんて君にはないだろう。君だってザック・ニールの偽者なんだから」

クロエは思わず目を見開いた。

今日一番、衝撃を受けたと言っていい。

そのせいで理解がまったく追いつかない。

（だって……。ザックが偽者って……）

混乱したまま、スティードの次の言葉を待つ。

その直後――。

信じられないことに、スティードは挑むような眼差しを向けた相手のことを、驚くべき名で呼んだ。

「君の本当の名は、オリバー・ブルーム。そうだね？」

思わぬ名前が飛び出し、身がすくむような思いがした。

オリバー・ブルーム。

彼はゲームに出てくる三人目の攻略対象であり、この避暑地のイベントでキーパーソンとなる人物だ。

（8）

「オリバーですって⁉」

スティードが気をつけるように何度も忠告した相手。

クロエを破滅に追い込む人物の一人。

この避暑地で幼いマリオンと出会い、淡い恋心をいだく少年。

オリバー・ブルームについて覚えた情報が、クロエの頭の中をぐるぐる駆け巡る。

どれだけ混乱していようが、最悪な形でオリバーと接触を持ってしまったことだけは理解できた。

（この男がザック・ニールじゃなく、オリバー・ブルームだなんて……）

スティードが言うのなら、きっと事実なのだ。

でも、どうしてスティードは、彼がオリバーだってわかったのだろう。

「……俺が偽者？　どうしてそんなことが言い切れる？」

クロエが抱いたのと同じ問いを、ザックもといオリバーが投げかける。

オリバーは今までになく動揺していた。

嫌みっぽい余裕な態度も維持できなくなっている。

クロエは胸がすく想いがした。

それどころじゃないのはわかっているけれど、心の片隅でざまあみろと舌を出す。

「単純な話だよ。君はマリオンの顔を知っていただろう。僕も同じさ。オリバー・ブルームの顔を知っているんだよ」

スティードの言葉を聞き、クロエはハッとなった。

（ああ！　そっか。スティードは、ゲームでオリバーを見たことがあるんだわ！）

「顔を？　ふうん。おかしいな。俺は三ヶ月前まで父の仕事の都合で外国にいたんだよ」

「三ヶ月間、人に会わず閉じこもっていたとでも言いたいのか？」

「いいや。社交の場は好きなほうだ。でも付き合う相手は選んでるんでね。君らと顔を合わせたとは思えない」

「おや。どういうことかな」

「だって身代わりを演じたその子、庶民の娘だろう？　粗野で乱暴でマナーがなってない。マリオンみたいな貧乏貴族の言いなりで、身代わりまでやらされてるくらいだしな。君たちの身なりはまあ悪くないけど、そんな女の子とつるんでるくらいだ。たいした階級じゃなさそうだ」

王子様二人を捕まえて「大した階級じゃなさそう」とは。

たしかにスティードもオリバーも、まだ公務に携わってはいないから、王子と名乗って人前に顔を出す機会は少ない。

高位の貴族でもなければ、彼らの外見を知らなくても当然の話だ。

とはいえ、得意げな顔をして見当違いな推測をしてみせたオリバーがなんとも憐れだ。

だいたいクロエだって、マナー違反を連発しまくったのは、わざとだというのに。

「はっ。こりゃいいな」

ロランドがおかしそうに噴き出す。

スティードはクロエがバカにされたのが気に入らないらしく、「本気で殺したくなってきた」などと物騒な独り言を呟きはじめた。

庶民だと勘違いされたことなんてどうでもいい。

クロエの頭の中は、知らない間にオリバーと関わってしまった事実でいっぱいだった。

振り返ってみれば彼は、スティードから聞いていたとおりの性格をしていた。

軽薄で女好き。息を吐くように嘘をつくし、本音を口にすることは皆無。

（もう！　なんで気づかなかったのかしら）

自分にげんなりするのと同時に、気持ちが沈んでいくのを感じた。

男の子だと思って近づいたのが、自分を破滅させるらしいヒロインだったり。

別人だと思って接触していた相手が、関わってはいけない攻略対象だったり。

そこには抗えない運命の力が働いていて、どう足掻(あが)こうが、ゲームのシナリオどおりに事が運んでいるような気がしてきた。

ぞくっと悪寒が走る。

「クロエ」

不意にスティードから呼ばれ、ハッと顔を上げる。

クロエの恐怖心に気づいたのか、彼は大丈夫だというように肩を優しく抱いてくれた。

取り乱していた気持ちが、すっと軽くなっていく。

スティードが自分にとって、安定剤となっていることを、そろそろ認めないわけにはいかなそうだ。

落ち着きを取り戻したクロエは、寄り添うスティードの存在を感じながら、周囲の様子に目を向けた。

おそらく一番状況を理解できていないロランドは、敵味方さえわかっていればそれで問題ないという顔をしている。

一方、マリオンのほうは、もう少し説明をして欲しそうに見えた。

「マリオン。君がお見合いを避けたくて入れ替わったように、ザック・ニールの側も同じような行動を取ったんだ。僕らは君に会う前、クロエを捜してニール家を訪れ、ザック本人からそう説明を受けてる。それから、君との婚約に関しては、ザック側から断るよう約束させてきたから」

「え!?」

マリオンはどうしてそんなことができたのか不思議そうにしている。

もしかしたら、スティードは彼のやんごとなき立場を利用したのかもしれない。

もちろん普段のスティードは権力を笠に着る人ではないけれど、状況によって武器を使い分けるタイプではある。

「なんだ。ザックのやつ、種明かしをしちゃったのか」

オリバーはどうでもよさそうに言った。

「だったらもう隠すこともない。俺はザックから、不愉快な態度を取って、あちらから婚約を断るよう仕向けて欲しいと頼まれたわけだよ」

「どうして……!?　だって、私の家から断れるわけもないのに……」

驚いたマリオンが問いかける。

オリバーは呆れ顔で鼻を鳴らした。

「いくら金持ちとはいえ、ニール家は単なる商家だ。由緒正しい貴族の家との結婚を持ちかけられて、容易く断れるような立場だとでも言うのかい？　そんなことザックが望んでも親が許さない。

君の両親と同じようにね」

　思わぬ言葉にクロエははっとした。

　自分たちは、マリオンの家のほうが断れない立場にいると思い込んでいた。

　でも商家の側から断り辛いというのも、考えてみれば当然のことだった。

（お互いに、なんとか相手のほうから断ってもらうよう、画策していたわけね。……ん？　でも、ちょっと待って!?）

　だったらオリバーは、どうして邪魔をしたのだろう。

「ねえ、オリバー。あなた、なんで知らんぷりしていたの？　どちらも婚約が成立しないことを望んでいるのなら、協力し合うほうが断然いいじゃない」

（なにがなんでもマリオンの側から婚約を断らせるように、ザックに頼まれたのかしら？）

　ところがオリバーは、予想外の返答をよこした。

「さっき言ったじゃないか。俺は君の用意した茶番を楽しんでいたってね。こっちが全部お見通しなのにも気づかず、バカ正直に一生懸命俺に嫌われようとして。本当に傑作だったよ。君ほど楽しませてくれるおもちゃと出会ったのは初めてだ」

「……なんですって？」

「でも、おもちゃってみんなあっさり壊れてしまうんだよね。ボロボロになって、すぐに俺の手元からいなくなる。きっと君もそうだろうから、どうせなら友達を想う気持ちごと踏みにじって、華々しく壊してやりたかったんだけど」

「好き勝手言ってくれるわね」

上等じゃない。

その喧嘩、買ってやるわと言い返そうとしたのに、クロエより先にスティードが言い返してしまった。

「黙れ」

スティードらしからぬ口ぶりに、本気の怒りを見た気がして、クロエは驚いた。

「スティード。やっぱこいつ、一発殴らせろ」

「それじゃあ甘い。もっと徹底的に苦しめてやらないと気が済まないよ。そうだな、永遠にしゃべれなくなる魔法をかけるのはどうかな？」

「だめよ、ふたりとも！」

物騒な相談をしはじめたロランドとスティードの間に割って入る。

「止めないで、クロエ」

「そうだぜ。こいつのにやけた顔を歪めてやる」

「そうじゃなくて」

クロエはふたりを押しのけて、ずんと前に立った。

「獲物は私のものよ！　報復は私が自分でするわ！」

「え……」

守ってもらうばかりのお姫様でなんかいたくない。

目指しているのは、自分から先頭に立ち、悪知恵と高潔な悪意に乗っ取って、敵を叩きのめす悪役令嬢だ。

「そうよ。こんなぶちのめし甲斐のありそうな獲物、誰が渡すものですか」

肩を揺らして低い声で笑いはじめたクロエを見て、その場にいる全員がぎょっとなった。

もちろん、ロックオンされたオリバーも含めて。

「たった今、あなたは私の天敵に認定されたわ！」

友達であるマリオンにひどいことを言ったし、スティードやロランドのこともバカにした。

それにあんなふうに魔法で自由を奪って、唇を奪おうとするなんてありえない！

思い出すだけでむかむかしてきた。

スティードやロランドに、やり返してもらう必要なんてない。

「覚悟なさい！　絶対に復讐してやるわ。やられた分を百倍にして、一生かけて苦しめてやるから！」

「……一生？」

「ええ、そうよ！」

オリバーの瞳が見開かれる。

（ふん、今さら恐れをなしたって遅いわよ）

「この私に手出ししたこと、後悔させてあげるわ！」

クロエは高笑いをしながら、オリバーのことをビシッと指さした。

「これからは夜道に気をつけることね!!」

「一生をかけて、か。それってつまり、一生、俺のことを考えてくれるってことだな？　あっさり壊れるおもちゃたちと違って、君だけは死ぬまで俺を楽しませてくれるわけだ」

「楽しませるんじゃなくて、ぶちのめすって言ってるでしょ!?」

「ふふ、そうか……。ははは……」

意味不明なことに、オリバーは肩を揺らして笑い出した。

でも今の笑い方はこれまでのものとは違い、邪悪な感じがしない。

恐怖のあまり壊れてしまったのだろうか？

（まあ、どうでもいいわ）

ちゃんと宣戦布告もしたし、今はもうオリバーに用はない。

クロエはオリバーから視線を逸らし、駆けつけてくれた友人たちに向き直った。

最初に目が合ったマリオンは、クロエの両手を握ろうと、泣きそうな顔で駆け寄ってきた。

クロエの側からも慌てて手を差し出す。

「本当にごめんね、クロエ！　私のせいでたくさん迷惑をかけちゃって……」

「迷惑なんて思ってないわ。それより助けに来てくれてありがとう。でもどうしてこの場所がわかったの？」

「実は……やっぱりどうしても気になって、あなたたちのあとをこっそりつけたの。そしたらふたりきりで人けのない花畑に向かったから、ますます心配になって……」

何かあったらいけないと思ったマリオンは、家に引き返し使用人を連れてこようとしたらしい。

その途中で、スティードたちとばったり出会ったのだという。

そこでマリオンの外見を知っていたスティードが彼女を呼び止め、クロエの居場所を聞き出したわけだ。

「だから三人で助けに来てくれたのね。ありがとう、マリオン」

マリオンは涙の浮かんだ目をぎゅっとつぶって、ふるふると首を振った。

マリオンの優しさはわかっている。

クロエが襲われたことに対して、責任を感じて欲しくはない。

「これからも、友達でいてね。マリオン」

離れていこうなんて思わないで欲しいから、先回りしてそう伝える。

マリオンはハッと息を吞んだあと、泣き笑いになって何度も頷いた。

マリオンと手を握ったまま、今度はロランドを見る。

「ロランドもありがとう。スティードとふたりで行動するようになったのね」

「まあ、今回はたまたまな。スティード、おまえと喧嘩したんだろ？　この世の終わりみたいな顔

して帰ってきて、それからずっと心ここにあらずって状態だったんだぜ。それを横で眺めてるのは結構面白いから、ついて歩いてたんだ」

「え!?」

驚いてスティードを見ると、珍しく赤くなっている。

「余計なことを言うなよ、ロランド」

ロランドを窘めたスティードは、気まずそうに視線を逸らしてしまった。

金髪の隙間から覗いた耳まで、真っ赤になっている。

マリオンから離れたクロエは、少し勇気を出して、スティードの前に立った。

「私、すごく余計なことをしちゃった。ザック側も婚約の取り消しを求めていたのに、無駄に引っ掻き回しただけだったわ……」

「それは違うよ、クロエ。両家はどちらも相手からの破談を待っていた。あのままだったら、双方断れずに婚約の話が進んでしまっただろう」

スティードの優しいフォローに、クロエは苦笑を返した。

今なら素直な気持ちで謝れそうだ。

「あのね、スティード。えっと、そ、その私、色々ごめんなさい。あと……助けに来てくれて、ありが――」

クロエがしどろもどろお礼を伝えようとしたら、その唇にスティードの人差し指が押し当てられた。

「クロエ。少し待って」

スティードは相変わらず赤い顔をしているけれど、振る舞いはいつもの彼らしくなってきた。

「……っ!?」

「僕へのお礼を言ってくれるつもりなら、ふたりきりのときがいいな」

甘えるようにねだられて、頬がカアッと熱くなる。

(マリオンとロランドがいるのに……！)

おそるおそるふたりのほうを振り返ると、真っ赤になってガッツポーズを作っているマリオンと、呆れ気味に腰に手を当てたロランドが、ばっちりクロエたちのやりとりを見守っていた。

「おふたりってつまりそういう関係だったんですね……！　素敵です！」

(ち、違うわ……！　マリオン、変な勘違いをしないで……！)

「まあ、落ち込みまくった顔を見てるからな。ここはスティードに譲ってやる」

「あっさりふたりきりにさせるなんて、君たちどうかしてるね。彼女を奪い合う愛憎劇のほうが断然盛り上がるよ。君たちふたりにその気がないなら、当て馬役は俺が引き受けてもいいよ」

最後に聞こえてきた余計なひと言は、オリバーによるものだ。

ここで茶々を入れられる図々しさは、ある意味すごい。

案の定、クロエ以外の全員から睨みつけられ、黙っているように命じられた。

エピローグ

攻略対象たちに気に入られるとかどうでもいいです。私は私らしく、自由にさせていただきます！

オリバーの騒動から数日後。

クロエはスティードに誘われて、森の中にある川辺にやってきた。

「やっと君とふたりになれた。誰も見ていない場所で君を独り占めしたくて、この日が待ち遠しかったよ」

蕩(とろ)けるような口説き文句に頬が熱くなる。

スティードは、エスコートするためにとっていた手を、きゅっと握ってきた。

そのまま甘い雰囲気になるかと身構えれば、意外にも彼はあっさり解放してくれた。

「ご家族は大丈夫だった？」

爽やかな笑顔で尋ねられ、こくこくと頷き返す。

さっき一瞬、彼が見せた甘い微笑みは、もしかして幻だったのだろうか。

「ええ。お父様も、マリオンの家を援助すると約束してくれたわ」

あれからクロエもスティードも、マリオンの抱えた問題をなんとかいい方向へ運ぶため、駆けずり回っていたのだ。

その結果、今日までちゃんと会う時間を取れていなかった。

お礼を言うなら、ふたりっきりになってからというスティードの望みもお預け状態となっていた。

スティードのほうから、それで構わないと言ってくれたとき、クロエは正直驚いた。

スティードはマリオンのことをどう思っているのだろう。

まさかマリオン本人の前でその質問を投げかけられるわけもなく、彼の気持ちがわからないまま今日まで来てしまった。

でもスティードの提案のおかげで、マリオンの問題はだいぶマシな状況になった。

クロエの父が援助を決めたおかげで、借金問題もひとまず落ち着いたし。

もちろん、二年後マリオンの父である公爵とマリオンの父である子爵との間になにが起こるか忘れたわけではない。

時が来たら、父が子爵に罪を被せないよう画策するつもりだ。

婚約問題のほうは、もっとしっかり解決した。

本物のザック・ニールが、スティードとの約束どおり、自ら婚約の話を断ってくれたのだ。

マリオンが望まない結婚を強いられることがなくなって、本当によかった。

ザックが翌日すぐ婚約を断ったのは、どうもスティードが尽力してくれたからしいのだけれど、尋ねても「念を押しに行っただけだよ」と言って詳しいことは教えてくれなかった。

「今回もスティードには色々助けられたわ。あのときのこともお礼を言わせて。助けに来てくれてありがとう」

オリバーに迫られて、クロエは本当に怖かった。

もうダメだと思ったとき、心に浮かんだのは、スティードの顔だ。

「お礼はふたりきりのときになんて言ったけど、本当はそんな言葉いらないんだ。僕は、君のために何かできるだけでうれしいんだから」

そう言って、スティードが優しく笑う。

「あんなに嫌な態度を取ったのに？」

「どんな態度でも僕には全部可愛く映ってるよ」

あの日の口論についてクロエを責める気がないのは、スティードの柔らかい表情を見ていればわかる。

彼は優しいから、もうクロエを許している。

でもクロエのほうは、うやむやにしたくなかった。

自分に非があるからこそ、なかったことにしてもらうわけにはいかない。

（さあ、勇気を出す時が来たわよ）

誰よりも心を開いている友人だからこそ、スティードの前ではつい意地っ張りになってしまう。

そんなダメな自分を、内側のほうへ押し込めて、彼と向き合う。

「ごめんね、ひどいことを言って。私、あなたと喧嘩したときからずっと謝りたかった」

「喧嘩？　それって僕たちの痴話喧嘩のこと？」

「え!?　痴話喧嘩!?」

思わぬ切り返し方をされて、違う意味でも恥ずかしくなった。

スティードはクスクス笑っているけれど、バカにして面白がっているわけじゃないのはわかる。

オリバーがクロエを笑うときとは、眼差しが全然違うから。

クロエを見つめるスティードの目には、どんなときでも揺るぎない愛情が溢れるほど宿っていた。

あの口論をした日ですら、それは変わらなかったことを思い出す。

クロエは火照(ほて)った頬に手を当ててから、ふうっと息を吸った。

照れて脱線している場合じゃない。

思っていることをちゃんと伝えるまで、せめて平常心を保たなければ。

「あのあとすぐに反省したけど、今は後悔もしてるの。あなたの忠告にちゃんと耳を傾けていれば、ピンチに陥ってみんなに心配をかけることもなかったのに」

「僕も君と別れてから、同じように考えてた。君の話にもっと耳を傾けるべきだったって。君は何も悪いことをしていないのに、あんなふうに責めたりしてどうかしてた」

「それは庇いすぎよ。私は勝手にうろついて、あなたが関わるなと忠告したふたりと、切っても切れないような縁を作り上げちゃったのよ」

「仕方ないよ。マリオンは男装していて、オリバーは偽名を名乗っていたんだ」

オリバーの名前を聞くと、メラメラと抑えていた怒りが沸き上がってきた。

スティードもそれは同じらしい。

オリバーの名を呼ぶときだけ、彼の青い瞳に剣呑な色が光った。

「オリバーってどうして、あんな捻(ね)じ曲がった性格になっちゃったのかしら」

「オリバーは貴族階級で裕福な暮らしをしているけれど、両親には冷遇されているんだ。さらにとあるきっかけで、女性も憎んでいる。一見女好きに見えるあの言動は、女性を傷つけたいと思ったうえでの行動なんだよ」

「いったい何があったの？」

「自分の母親が、使用人と駆け落ちしたんだ。母親は連れ戻されたけど、家族は冷え切ってしまった。父親はオリバーを家の道具としか思っておらず、母親はオリバーを憎んでいる」

それであのとき、マリオンの両親に対して辛辣(しんらつ)な言葉を吐いていたのか。

貴族の大人は子供のことより家が大事だと言っていた。

彼は彼で、色々と思うところがあるのだろう。

だからって他者を傷つけていい理由にはならない。

「私、夜寝る前にオリバーへの報復計画をあれこれ練っているの」

でも、実を言うともしスティードがやめろと言うのなら、オリバーのことは忘れようと思っている。

すごく難しいだろうけれど、これからはちゃんと忠告を聞ける人間に変わりたいのだ。

せめて自分のことを本気で心配してくれている人の忠告くらいは……。

ところがスティードは、険しくしていた表情を崩してふふっと笑った。

「クロエはぶれないな」

「止めないの？」

もう関わるなと言われるかと思ったのに。

「あれから色々と考えて、方針を変えることにしたんだ。いくら心配だからって、君の行動を制限しようとするのは間違っていたよ。クロエが嫌がることを押しつけたいわけじゃないんだ。だからね、クロエがしたいと思ったことは止めない。もし何かアクシデントが起きたとしても、僕が傍にいて、すべての厄災から守るから。これですべて解決だ」

びっくりして瞬きを繰り返す。

「それって私に甘すぎない？」

「いつでも君を甘やかしたい気持ちがあるけれど、今回はそれだけじゃないんだ。ねえ、クロエ。マリオンとはいい友達になれそうだね」

「え？　――ええ、友達として好いてくれているみたい」

クロエのほうも負けないくらいマリオンのことを気に入っている。

でも、なぜ突然マリオンの話に？

「気づいている？　君は破滅を引き起こす大きな要因のひとつを、また今回クリアしたんだ」

「え？」

「マリオンは君が救ってくれたことに心底感謝していた。傍目（はため）から見ていても、彼女は君が大好きだということが伝わってきたしね。もし彼女が原因で君が破滅しそうになったら、全力で庇ってくれるんじゃないかな」

ゲームの中のマリオンは、破滅する悪役令嬢をただ眺めているだけだった。

これは大きな違いだし、そこに希望を見出しているのだとスティードは言った。

「あと、これは正直認めたくないんだけれど……。オリバーにとっても、君は唯一無二の存在になってしまったと思う」

「向こうからも天敵として認定されたってこと？　それは破滅ルート寄りの展開なんじゃないかしら」

「いや、そうとも限らないよ。気に入られても憎まれても、面倒な相手であることは変わらないから、僕としては心中穏やかじゃない。でもオリバーは、気に入った相手を死なせたりはしないと思うんだ。離れていかれるのが嫌みたいなことを言っていただろう？」

「ええ。でもオリバーの発言って、遠回しでさっぱり理解できないのよね。もっとわかりやすく喋って欲しいわ」

それに比べてスティードは、ちゃんと伝わるよう努力をしてくれるから好きだ。

今の話も、何度か噛み砕いて説明してくれたおかげで理解できた。

オリバーが敵であるのは変わらないものの、クロエの破滅を望むことはなくなったのではないかと考えているようだ。

「マリオンの婚約といい、男装といい、ゲームとは違うエピソードが次々発生している。もしかしたら、僕らが運命を変えるために動いた結果、ゲームとは違う流れになってきたのかも。その代わり、僕はすべての危険を予知できるわけじゃなさそうだ。そんな状況下でも、今回、破滅の大きな要因を排除できたのは、君が自分で考えて動いたからだ」

「私の暴走も悪くなかったってこと？」

「ああ。だからこれからも、君はいままでどおりの君でいて。どんな窮地も僕が助ける。君が僕の名前を呼んでくれるなら、どんなときでも助けに行くよ」

スティードはクロエの手をそっと取ると、軽く身を屈めて、人差し指の先に唇を寄せた。

「……っ」

彼の唇が触れた場所が燃えるように熱い。

「僕はクロエへの変わらぬ愛を誓った、君だけの騎士(ナイト)だ。これから先もね」

そんなに真摯な目で言わないで欲しい。

クロエは耳まで熱くなるのを感じながら、照れ隠しにわざと言った。

「あなたは騎士じゃなくて王子でしょ」

「ふふ、そうだね」

「それに私、いつも言ってるとおり、愛とかよくわからないわ」

「知ってる。だから、僕が教えてあげるよ」

スティードに手を取られ、クロエはくらくらした。

見つめ合っていることを意識すると、心臓が破裂しそうだ。

「そんなの学んでる暇はないわ！」

クロエは慌てて誤魔化した。

「そういうのは、ゲームに関する問題がすべて解決してからよ！」

クロエにとっては最大限の返事のつもりだ。

スティードは虚をつかれたような顔をしたが、やがてうれしそうに笑った。

「それじゃあ、なんとしてもエンディングのその先にある、真のハッピーエンドを迎えなきゃね」

「ええ！」

クロエにとって、恋や愛はよくわからない存在だ。

だけどスティードからなら少しずつ教わるのも、悪くはないかもと思えた。

エンディングのその先、真のハッピーエンドに辿り着く頃には、少しは恋について免疫ができているかもしれないし——。


（おわり）

攻略対象たちに気に入られるとかどうでもいいです。私は私らしく自由にさせていただきます！

書き下ろし　みんなで仲良しピクニック ～ただし、天敵はいりません～

マリオンの問題が解決し、全員の状態が落ち着いたので、クロエはみんなをピクニックに誘い出した。

ザックのふりをしていたオリバーとのピクニックでは散々な目に遭ったので、大切な友達たちとそのやり直しをしたかったのだ。

クロエが誘ったのは、スティードとロランドとマリオンの三人。

みんなふたつ返事でピクニックへの参加を表明してくれた。

そんなわけで、今、クロエたちはピクニックセットを持って、プラムの南にある山の麓にやってきている。

天気は良好。

乾いた心地のいい風が優しく吹く、絶好のピクニック日和だ。

クロエたちは日よけになる木の下に、持ち寄ったお菓子や料理を並べて、楽しい時間を過ごした。

とくに色気より食い気のクロエと、実はかなり食いしん坊なロランドの手が止まることはなく、料理は瞬く間に減っていった。

ひとところおなかが膨らんだあとは、待ちに待った食後のスイーツタイムだ。

スティードがポットから注いでくれた紅茶で口の中を潤したあと、ジンジャーマンクッキーに手を伸ばす。

このクッキーはマリオンの手作りだ。

「んむっ、おいしい！　マリオン、すごいわっ。お菓子作りまで上手なのね！」

「ほんと？　クロエの口に合ったならうれしいな」

「私が男だったらマリオンをお嫁さんにしたいくらいだわ！」

「クロエのお嫁さん……!?」

マリオンの頬がぽっと染まる。

そんなマリオンの隣でクッキーをつまんでいるロランドが、からかうような眼差しをクロエに向けてきた。

「おまえは絶対、菓子作りが苦手なタイプだろ」

「あら、よくわかったわね」

クロエもごくごく稀にお菓子を作ることがあるけれど、致命的に不器用なのでまともに作れたことがない。

クッキーは必ずボソボソになるし、ケーキはぺっちゃんこになるか、膨らみすぎて爆発するかのどちらかだ。

「でも、問題ないわ。私は食べる専門だし。悪役令嬢にお菓子作りのスキルは必要ないんだから！」

必要なのはむしろ、お菓子の中にびっくりアイテムを仕込むスキルのほうだ。

「僕はクロエのクッキー大好きだよ。フォーチュンクッキーの中身も意外性があって楽しいし」

「そうそう、スティードはわかってるわね」

「リクエストするなら、もっと恋に関する占いの内容が欲しいところだけど……。あ、でも、占いの結果に選択を委ねるつもりはないよ？　クロエと僕の未来は、自らの手で選び取っていくものだもんね」

「スティード……」

クロエは運命に逆らい、破滅の道を回避しようとしている。そのことを暗に言ってくれているのだろう。

「そうね。運命なんかに自分の人生を任せておくつもりはないわ」

「うんうん。じゃあ、クロエも僕との未来に前向きでいてくれるってことで」

「え!?　スティードとの未来？」

なんだか話が奇妙な方向へ転がりはじめた。

そのうえ、なぜかスティードと張り合うように、マリオンとロランドもずいっと前に出てきた。

「私もお友達として、クロエの未来に寄り添っていられたらいいなあ」

「こいつの傍にいると、なんやかんや退屈しないしな」

「おっと。ふたりとも、まさかクロエへの愛で僕に張り合うつもり？」

「はいはーい。その争い、是非、俺も参加させて欲しいな」

突然、聞こえてきた第三者の声に全員でハッとなる。

「オリバー!?」

顔を上げれば、そこには憎らしい天敵がいつものにやにや笑いを浮かべて立っていた。

「なんであなたがここに！」

君の家にデートの誘いに行ったら、ここだって教えてもらったんだよ。いいじゃないか、ピクニック。俺も交ぜてよ」

許可を出す前に、勝手にクロエの正面に腰を下ろしてしまった。

隣のスティードがクロエを守るように、肩を抱いてきた。

マリオンも警戒心をむき出しにし、ロランドなどすぐ動けるよう片膝を立てている。

クロエはそんな仲間の優しさをありがたく感じつつ、オリバーを睨みつけた。

せっかくおいしいクッキーを食べていたのに、こんな男の顔を見ながらじゃ楽しさも半減だ。

「あなたに参加許可なんて出してないわよ！　しっしっ！」

イーッと歯を剝いて威嚇しながら、犬を追い払うように手を動かす。

もちろんそんなことで怯むオリバーではなかった。

「俺に気に入られちゃったのが運のつきだったね。さあ、ほら皆、そんな怖い顔してないで。せっかくのピクニックだ。もっと楽しもう」

「誰のせいだと思ってるのよー！」

おいしいものをいっぱい食べて、友達たちとのんびり過ごす。そんなピクニックを想像していたのに、どうしてこうなったのか。

「天敵も参加のピクニックなんて聞いたことがないわよっ！」

クロエの虚(むな)しい叫び声が、晴れ晴れとした青空に響き渡ったのだった――。

あとがき

こんにちは、斧名田マニマニです。

このたびは『攻略対象たちに気に入られるとかどうでもいいです。私は私らしく、自由にさせていただきます！』をお手に取っていただき、ありがとうございます。

本作はデビュー作以来の女の子主人公ものだったので、新鮮な気持ちで執筆することができました。

主人公であるクロエは、破天荒でところどころ抜けている子ですが、とにかく底抜けに前向きだったため、書いていてとても楽しかったです。

本書を手に取って下さった皆様にも、このハチャメチャな主人公を好きになってもらえれば、こんなに幸せなことはありません。

最後になりますが、制作に携わって下さった方々にお礼を言わせてください。

イラストを担当して下さったファルまろさま、とても素敵な挿絵をありがとうございます！

担当のFさん、初めてお会いしてから二年、今回一緒にお仕事をする機会をいただけて、とてもうれしかったです！

二〇一九年五月某日　今年すでに二回、階段から落ちた斧名田マニマニ

あとがき
クロエさんに
眼鏡をかけて
いただきました！

私、能力は平均値でって言ったよね！
FUNA

01
人狼への転生、魔王の副官
魔都の誕生

悠久の愚者アズリーの、賢者のすゝめ
1
壱弐参

転生
吸血鬼さんはお昼寝がしたい
ちょきんぎょ。

戦国小町苦労譚
一
邂逅の刻
夾竹桃

野生のラスボスが現れた！
1

転生したらドラゴンの卵だった
猫子
1
最強以外目指さねぇ

冒険者になりたいと都に出て行った娘がSランクになってた
1

第1回

藤孝剛志
1
即死チートが最強すぎて、異世界のやつらがまるで相手にならないんですが。

猫子
最強呪族転生
チート魔術師のスローライフ

ナハァト

九頭七尾
無職の英雄
別にスキルなんか要らなかったんだが
1

アニメ
10月放送
スタート!!
私、能力は平均値でって言ったよね！
FUNA
私、能力は平均値でって言ったよね！
FUNA
私、能力は平均値でって言ったよね！
FUNA
私、能力は平均値でって言ったよね！
FUNA
私、能力は平均値でって言ったよね！
FUNA

私、能力は平均値でって言ったよね！
FUNA
亜方逸樹
God bless me?

攻略対象たちに気に入られるとかどうでもいいです。私は私らしく、自由にさせていただきます！

発行 ―――― 2019年7月16日　初版第1刷発行

著者 ―――― 斧名田マニマニ

イラストレーター ―――― ファルまろ

装丁デザイン ―――― 冨永尚弘（木村デザイン・ラボ）

発行者 ―――― 幕内和博

編集 ―――― 古里 学

発行所 ―――― 株式会社 アース・スター エンターテイメント
〒141-0021　東京都品川区上大崎3-1-1
目黒セントラルスクエア　5F
TEL：03-5561-7630
FAX：03-5561-7632
https://www.es-novel.jp/

印刷・製本 ―――― 中央精版印刷株式会社

ISBN 978-4-8030-1316-0